Practicando MAGIA

Practicando MAGIA

Guía de introducción

Draja Mickaharic

Grupo Editorial Tomo, S. A. de C. V.
Nicolás San Juan 1043
03100 México, D. F.

1a. edición, septiembre 2003.

Nicolás San Juan 1043, Col. Del Valle
03100 México, D.F.
Tels. 5575-6615, 5575-8701 y 5575-0186
Fax. 5575-6695
http://www.grupotomo.com.mx
ISBN: 970-666-798-9
Miembro de la Cámara Nacional
de la Industria Editorial No 2961

Traducción: Ivonne Said Marínez
Diseño de portada: Emigdio Guevara
Supervisor de producción: Leonardo Figueroa

Impreso en México - *Printed in Mexico*

Índice

Introducción

La gente aprende magia de la misma manera en la que aprendemos cualquier otro campo técnico, las personas que lo practican nos guían. Trataré de presentar el estudio de la magia como si fuera una tecnología especial y no un asunto arcano que está al alcance sólo de algunos elegidos. Practicar magia no es nada difícil. Nadie está preparado para ser médico, abogado o ingeniero, ¿entonces por qué tendríamos que estarlo para ser magos? Las aptitudes que se requieren son diferentes, pero la analogía presentada es correcta. Con frecuencia, la magia se considera un misterio sagrado y oculto. Comer el pan nuestro de cada día es un misterio sagrado para quienes tenemos verdadera comprensión. Existen las mismas razones para considerar a la magia un misterio que para presentar los alimentos de esta manera.

Si el mundo hubiera tratado a la electricidad con el mismo sobrecogimiento y misterio supersticioso que rodea a la práctica de la magia, habría sido muy poco probable que la tecnología eléctrica progresara hasta el punto de que ahora existen timbres. ¡También hubiera sido poco factible que existieran la luz eléctrica o los teléfonos! Ningún investigador habría podido quitar con éxito el velo de misterio que rodearía a la electricidad para crear una tecnología útil que pudiera usar la gente común y corriente.

Con esta obra señalo que la magia debe tener un resultado físico real que merezca su nombre. Si el electricista hace una instalación eléctrica, esperamos que las luces funcionen; si no lo hacen, la culpa es del electricista. Si los actos de magia no dan resultado, la culpa es del mago. No esperamos resultados por parte de nuestro vecino mago. Incluso las profesiones que cuentan con autorización para ser ejercidas, tienen algunos miembros que algunos colegas con más ética y más profesionalismo consideran discretamente un fraude.

No esperes que todas las personas que dicen ser magos lo sean. Hoy en día está de moda definir a la magia como el arte de cambiar nuestra conciencia a voluntad. Ésa no es mi definición de magia. Como primer paso para aprender el arte, el estudiante de magia debe tener el control de la mente. En el proceso de obtener el control de la mente, el mago desarrolla la capacidad de cambiar a voluntad la percepción de la realidad de este mundo. Con el tiempo, y como resultado de ejercicios de entrenamiento, el mago obtiene la capacidad para entrar a cualquier estado de conciencia que esté a su alcance.

Ser mago es una etapa, no la cúspide, del proceso del desarrollo espiritual. De hecho, es sólo un peldaño de la primera parte de la cadena del desarrollo humano real. Que muchas sectas religiosas hablen y actúen con severidad en contra de quienes practican magia, deja al descubierto el verdadero carácter de los líderes de esas religiones. Las personas de quienes hablan quizá estén más desarrolladas espiritualmente que los que se dicen religiosos y hablan en su contra.

Capítulo 1

Diferentes medios para practicar magia

Para los propósitos de este libro, la magia se definirá como el arte de producir cambios visibles en el universo físico de conformidad con la voluntad humana. Más adelante ampliaremos esta breve definición, pues mencionarla ahora dejará al descubierto las bases de nuestra discusión. Cualquier cosa que se considere magia pero que no produzca cambios en el universo físico, no será tema a considerarse en esta obra.

Existen diferentes medios para practicar magia; estos son propuestas para practicarla, no un grupo de técnicas específicas para llevar a cabo algún acto de magia en particular. Dichos medios para practicar magia pueden considerarse clasificaciones de la filosofía de la magia —guías para comprender una parte del universo de este arte. Estudiaremos los principales medios para practicar magia, e intentaremos comprender cómo funcionan para producir el cambio deseado en el universo físico cuando los aplican los practicantes.

Las dificultades aparecen por sí mismas cuando analizamos el tema de la magia, sin contar con la actual inclinación cultural de separar el universo no físico (o mágico) del material. Además, nos enfrentamos al problema de que el origen de nuestras diferentes clasificaciones reside en la percepción del universo físico, pues así nos lo informan los órganos sensoriales. Compartir con ellos la percepción del universo físico es lo único que realmente tenemos en común con nuestros amigos los humanos. La mayoría de nosotros reconoce que muchas de nuestras percepciones, y las experiencias que de ellas resultan, son tan únicas que no podemos compartirlas con los demás.

Mientras que la mayoría concuerda con observaciones como la dimensión (largo, alto y ancho), el color y el sonido, nuestros estándares del olfato y el gusto tienen una gran variabilidad, por lo que las percepciones de estos sentidos físicos son subjetivas. Entre más sutiles son los sentidos —las percepciones psíquicas— muestran mayores rangos de variabilidad. Parece que muchas personas son sordas y ciegas a estos fenómenos, mientras que otras tienen los sentidos psíquicos tan abiertos a las percepciones no físicas como los sentidos físicos a las percepciones físicas.

Antiguas y recientes investigaciones sobre las percepciones y el funcionamiento del sistema sensorial humano, revelan que los sentidos físicos y su interpretación son subjetivos. Son particulares, no objetivos, para cada individuo y no siempre coinciden con los de la comunidad. La investigación antropológica indica que la percepción física de nuestros órganos sensoriales también puede ser culturalmente subjetiva y no uniforme en la familia humana como un todo. Para la mayor parte de la humanidad, las percepciones del mundo físico no cuantificable, así como los sentidos no físicos, son del todo subjetivos. Estas percepciones se basan en referencias que el individuo no comparte con la familia o la comunidad.

Cuando clasificamos los diferentes medios para practicar magia, lo hacemos de manera subjetiva y nos basamos en nuestras percepciones individuales. Practicar magia rara vez es algo objetivo y pocas veces la comunidad lo analiza objetivamente. Por lo general, es una experiencia subjetiva y personal.

La magia nunca será una ciencia porque no puede medirse ni tampoco duplicarse con precisión. Éstas son dos pruebas que debe pasar toda ciencia real. Un amigo médico decía lo mismo sobre la práctica de la medicina. Me contaba que mientras algunas partes de esta disciplina son muy científicas y pasan todas las pruebas de una ciencia, practicarla era un arte. Y como en cualquier arte, unas personas son mejores que otras en el desempeño.

Como es un asunto de práctica, es posible que el medio que una persona utilice para ejercer la magia sea poco apropiado para otra. No es que el método falle, sino que lo inadecuado del mismo provoca problemas.

Para que tengas en mente nuestra definición de magia como el proceso que genera un cambio real en el mundo físico, voy a repetirla.

> MAGIA — Aplicación de la fuerza astral o emocional de un ser humano encarnado en el mundo material para llevar a cabo el cambio deseado en éste, según la fuerza de voluntad de dicho ser humano.

La magia que produce un cambio perceptible en el universo físico, es el resultado del uso controlado de esas partes del ser humano encarnado a las que nos referimos como "fuerza de voluntad" y como "emociones". El poder emocional de los humanos también recibe el nombre de fuerza astral o poder astral; asimismo, nos referimos a la fuerza de voluntad como "poder mental" y cuando es así, debe diferenciarse de la capacidad racional o de la mente consciente.

Si ampliamos la definición hasta incluir cómo funciona el proceso mágico, veremos que el procedimiento real no es diferente a muchos otros procesos de la vida. La magia que produce un resultado en el universo físico es la consecuencia de usar la fuerza astral (o emocional) de un ser humano encarnado en las condiciones del mundo material que él o ella percibe en ese momento. Esto se hace de tal manera, que el mundo material en realidad cambia de acuerdo con la voluntad de la persona que ejerce dicha fuerza astral o emocional. El mago es quien la aplica, y el resultado físico del uso de su fuerza emocional, dirigida por la voluntad, es el producto de su magia.

Si tuviéramos que describir lo anterior como si se tratara del movimiento de un brazo o una pierna, las palabras serían las mismas, porque el acto de mover el brazo o la pierna a voluntad —y la manifestación del movimiento en el mundo físico— de hecho, se realiza a través del mismo proceso que el de la magia. En ambos casos, la fuerza de voluntad apela a la fuerza astral (o emocional) para llevar a cabo el cambio deseado. La diferencia es que al mover la pierna, la fuerza astral se aplica a la parte física del cuerpo de la persona. En las operaciones mágicas, la fuerza astral se aplica al universo físico —una parte que se separa de la persona.

Cuando no hay cambios físicos en el mundo material, no hay magia. Es el cambio físico —visible al punto de que un testigo imparcial acepta que ha ocurrido un cambio— lo que identifica a la magia real. La capacidad de provocar dichos cambios físicos es lo que identifica a un individuo como mago.

Las personas son o no son magos. Esto significa que cualquiera puede estudiar los métodos para practicar magia, pero la capacidad para llevar a cabo un método (o varios) de manera sistemática es lo que lo convierte en un mago de verdad. Y con leer libros no lo logrará. Un verdadero mago no es un pobre iluso ni un devoto de las conductas extrañas. El mago es lo que es y no necesita convencer a los demás de nada. ¿Qué pensamos de los médicos o abogados que continuamente dicen a otros lo poderosos que son?

El resultado de un acto de magia es el cambio físico real que el mago *produce* en el mundo físico. Dicho cambio siempre debe ser tan perceptible para los sentidos físico de un testigo imparcial como el movimiento de un brazo o el color nuevo de una pared recién pintada. Si no existe la evidencia de que se realizó un cambio, no hay magia. El mago debe ser capaz de comprobarlo. No basta con sentir que sucedió, o debió haber sucedido. Sin pruebas de que tuvo lugar el cambio deseado, el acto de magia no da resultado, se trata sólo de la vana ilusión de la mente del aspirante a mago.

Éste es un punto muy importante, aunque de manera conveniente se pasa por alto. Muchos de los individuos que se consideran magos hacen mucho hincapié en ideas como "las expansión de la conciencia", "la unión con las grandes fuerzas espirituales del universo", o alguna otra causa aparentemente noble. La mayor parte de estas personas cree que practicar la magia que produce resultados reales en el mundo físico, es algo inferior a su poder o hacen mal uso de su capacidad.

Como esos aspirantes a magos no hacen algo que altere su psique, viven en un mundo de fantasía —un mundo en el que son grandes magos. Hacer magia sin que haya resultados físicos es una vana ilusión. Ésta no es una buena forma de magia para quienes sinceramente desean desarrollarse. Por desgracia, en nuestra sociedad actual son muy famosos los magos que no tienen práctica. Dion Fortune, un famoso mago y ocultista, definió la magia como "el arte de producir cambios de conciencia a voluntad"; yo creo que es más que eso.

Quienes no practican magia con resultados físicos, deberían desarrollarse espiritualmente hasta que puedan trabajar con este arte. En un determinado punto del desarrollo del alma humana, podrán llevar a cabo la magia que produce cambios físicos. Las personas que desean estar en armonía con el creador, deben alcanzar dicho estado del ser. La capacidad para practicar magia es espiritual y debe buscarse en el reino del espíritu.

El estudio de diversos medios para practicar magia nos permitirá cómo la fuerza astral del mago opera en el mundo físico. También entenderemos mejor cómo la mente y la naturaleza emocional del mago deben entrenarse juntas para hacer posible la práctica de la magia. Aprenderemos las similitudes y las diferencias entre los diversos medios para practicar magia y en muchas formas, nuestra cultura decide nuestra elección —el medio a través del que los individuos nos convertimos en magos. Asimismo aprenderemos lo suficiente sobre los medios para practicar magia y entender que el mismo efecto puede obtenerse de muchas formas, aunque algunos magos crean que sólo hay una manera de hacer las cosas.

Capítulo 2

Cómo prepararte para practicar magia

A pesar de que se requieren muchos elementos para practicar los diversos métodos de magia, los instrumentos principales de los magos son su conciencia, sus facultades mentales y el cuerpo físico que los alberga. Para que los estudiantes se conviertan en practicantes de magia deben capacitar a sus facultades mentales conscientes.

Sin importar la práctica particular que los estudiantes deseen dominar, los primeros pasos del camino son los mismos. Los magos potenciales deben aprender a relajarse y a tranquilizar su cuerpo físico, y después controlar la mente. Si estos dos pasos no se dominan, no tiene sentido seguir adelante en el estudio de las formas de magia. El control de estos dos pasos requiere de estudiantes entusiastas, con fuerza de voluntad y con tres o cuatro años bajo la dirección de un maestro capaz. A los neófitos que trabajan sin la instrucción directa de un verdadero maestro, puede tomarles mucho más tiempo.

En nuestra época de "lo quiero en este momento", está la constante búsqueda de métodos fáciles y soluciones rápidas. De hecho, no hay un camino regio hacia la práctica de la magia, ni tampoco en el caso de cualquier habilidad o capacidad. Quienes prometen soluciones fáciles y rápidas a procesos complejos de desarrollo, por lo general son charlatanes o personas que no ofrecen algo real a los estudiantes.

Para desarrollarte en la práctica de la magia es necesaria una cantidad considerable de paciencia, que abarca pequeños lapsos de tiempo en el transcurso de muchos años. Hacer ejercicios se vuelve un hábito en la vida. En este punto, empiezas a avanzar y ese progreso se hace evidente poco a poco.

El primer ejercicio que mi maestro me dio fue de relajación, y lo hizo de la misma manera en la que se describe más adelante; me dijo que volviera a verlo cuando lo controlara, lo que llevaría por lo menos tres meses de práctica. A los cuatro meses regresé con el ejercicio completamente dominado, según yo. El maestro trabajó conmigo una hora y me demostró que sólo había llegado a la superficie del ejercicio. Me mandó de regreso a casa con la petición de que volviera únicamente cuando lo dominara. Esa vez pasaron seis meses para que sintiera que tenía cierto control sobre el ejercicio y fui a verlo para que me orientara más. Sigo practicándolo todos los días, y tengo la intención de hacerlo por el resto de mi vida.

Relajación

Las tensiones de la vida diaria se impregnan en nosotros con su energía nerviosa; nos convertimos en ignotos receptores de los pensamientos y emociones de los demás. Si no aprendemos a relajarnos hasta cierta profundidad y a deshacernos del estrés de todos los días, no podemos actuar en el mundo y mucho menos disciplinar nuestra mente. Lo único que podemos hacer en este mundo hiperactivo, es reaccionar a las influencias que ejerce en nosotros el mundo que nos rodea.

No podemos ser nosotros si estamos llenos de tensiones nerviosas y musculares que continuamente exigen nuestra atención consciente o inconsciente. Nada tenemos que desarrollar si sólo reaccionamos a las influencias de los mundos físico y no físico que nos rodean. En esa situación —en la que vive la mayoría de la gente— no podemos expresar nuestro máximo potencial.

La intención del creador era que los seres humanos se convirtieran en fuerzas del universo, y no podemos hacerlo si éste nos ataca hasta el punto de que estamos tan distraídos que no tenemos tiempo de actuar sobre el mundo en el que vivimos. La relajación, es decir, aprender a liberarnos de las tensiones externas, es siempre el primer paso del desarrollo. Hasta que vivamos relajados y sin estrés en la Tierra, aprenderemos a actuar en ella de manera real.

El ejercicio de relajación es simple en sí. Todo lo que se necesita es que relajes tu cuerpo físico lo más que puedas por treinta minutos diarios. Durante este tiempo aprende a ignorar los pensamientos que estén presentes en tu mente. No intentes dejarla en blanco, sólo haz caso omiso de los pensamientos que pudieran asaltarla. Concéntrate en la relajación de tu cuerpo físico liberando la tensión de los músculos. Acuéstate o siéntate de manera que te sientas cómodo, y mentalmente dirige tu cuerpo físico hacia la relajación. Ése es todo el chiste.

Como este ejercicio es aparentemente fácil, mucha gente lo ignora. Si en realidad te interesa mejorar, sin que tenga que ver la práctica de la magia, lo usarás en tu beneficio.

Una vez que hayas hecho este ejercicio por lo menos durante seis meses, tendrás una vida mucho más relajada. Verás que te beneficiará en los asuntos de todos los días, además de que te dará la oportunidad de comprender el proceso de preparación para practicar magia.

El siguiente ejercicio es el que Aleister Crowley utilizaba para desarrollar sus capacidades como mago. Aunque al momento de recibir este ejercicio era miembro de la Orden de la Aurora Dorada y muchos de sus socios lo consideraban un mago consumado, empezó a desarrollar sus habilidades mágicas en un crucero a México. A bordo del barco conoció a un hombre que también era alpinista. En su conversación, descubrieron que los dos querían escalar las mismas montañas mexicanas. En otra plática, Crowley dio a conocer el interés que tenía en la magia a su nuevo amigo. El hombre no se impresionó porque había observado que Crowley no podía concentrarse, y le dijo que hiciera el siguiente ejercicio, el cual dominó en el crucero. Una vez que lo controló, descubrió que como resultado, sus capacidades mágicas habían mejorado sobremanera.

El ejercicio de concentración se describe de la misma manera que a Aleister Crowley. Cuando lo domines descubrirás que tienes un mayor control sobre tu mente.

- Analiza un objeto común y corriente, un lapicero está bien. Observa todos los detalles que puedas. Ahora, hazlo a un lado y escribe las observaciones que recuerdes de memoria. Describe el objeto de memoria.
- Vuelve a analizarlo en busca de nuevos detalles. Hazlo a un lado y otra vez escribe las observaciones nuevas.
- Por último, cierra los ojos y en un estado de relajación, visualiza el objeto en el ojo de tu mente. Velo como es físicamente, con todos los detalles que percibiste. Retén esa imagen lo más que puedas, añadiéndole todos los detalles que descubriste en él.

Continúa practicando el ejercicio de relajación, pero haz el que acabo de describir con un objeto diferente cada día por lo menos durante tres meses. Este ejercicio te ayudará a desarrollar tu capacidad para poner atención, así como la de observar y concentrarte en los objetos. Empieza con cosas simples, como un plato, un lápiz, una pluma, etc. Cuando perfecciones esos objetos, continúa con otros más complejos como la decoración de una habitación, cuadros, etc.

En el libro *Kim*, de Rudyard Kipling, hay un juego para el pequeño Kim que también es un ejercicio de observación. Un número de objetos se coloca en una charola y se cubre con un paño. Los participantes tienen cierto tiempo, por lo general un minuto, para observar la docena de objetos que están en la charola, y después vuelve a colocarse el paño. Hecho esto, los jugadores escriben una lista de los objetos que vieron. Gana quien escribió bien el mayor número de objetos que hay en la charola.

Es un excelente juego para que los niños y los adolescentes lo hagan en casa, pero también es una buena manera para que los adultos desarrollen su capacidad de observación. Después de añadirle al ejercicio de relajación el de analizar objetos comunes, pon en práctica este juego cuando puedas. Hazlo solo o con otras personas. Así de sencillo como parece, es una maravillosa herramienta para el desarrollo personal.

Como dije, estos ejercicios se ven muy simples; sin embargo, tienen un efecto real, positivo y duradero en quienes los dominan. Date tiempo para hacerlo, si es en serio que deseas desarrollarte de cualquier manera.

Capítulo 3

El ritual religioso

Nuestro estudio de los medios para practicar magia dará inicio con el más conocido para nosotros, la magia del oficio religioso o magia religiosa. Después hablaremos de cómo la magia ceremonial de la práctica religiosa se convirtió en la magia ritual y ceremonial de los magos. Después, nos referiremos a las prácticas mágico-religiosas relacionadas con deidades, y las religiones de los paganos de la antigüedad y de la gente que hoy en día se llama primitiva. Por último, analizaremos las bases de gran parte de la práctica actual de la magia natural, con espíritus y elemental.

El ritual religioso es ejemplo de una ceremonia mágica. Éste era más auténtico en tiempos antiguos que ahora, pero sigue siéndolo. En la antigüedad, entre nuestros ancestros de la Era de Piedra, con frecuencia se creía que las prácticas rituales de la comunidad conservaban el curso de las estaciones.

La ceremonia es un acto formal, o grupo de actos, llevado a cabo de manera seria en una ocasión importante con un propósito específico; debe ofrecer estimulación sensorial física y concentración mental en la intención de la misma. Una ceremonia realizada correctamente atrae la atención de los observadores y de los participantes, al mismo tiempo que estimula las emociones.

La ceremonia religiosa, en especial la de las iglesias, tiene esta cualidad. Las personas que han presenciado una misa principal quedan impresionadas con las prácticas rituales, desde el sonido del coro hasta la riqueza visual de la ceremonia. La Ceremonia inglesa de Coronación, la toma de posesión del Presidente de Estados Unidos, son ceremonias importantes de gran efecto.

Podríamos decir que dichas ceremonias cumplen con los requerimientos de la magia, pero algunas lo hacen sólo intelectualmente. La persona que toma posesión tiene permiso para ser presidente, pero no sufre ningún cambio físico perceptible como resultado de dicho acto. Lo mismo sucede con la ceremonia religiosa, no se presentan cambios físicos visibles en los fieles por el hecho de asistir a ella. No obstante, la ceremonia religiosa eficaz sí produce un definido cambio emocional temporal en el fiel.

Éste es el objetivo de la mayoría de las ceremonias religiosas; el cambio emocional del fiel es la meta de toda ceremonia evangelista cristiana-protestante. Incluso los mejores predicadores evangelistas protestantes saben que la transformación emocional de la congregación es de corta duración, cuando mucho duran unos cuantos días. El efecto emocional de la ceremonia evangelista ofrece al congregante una catarsis emocional, y ésta es la característica principal de la práctica religiosa fundamentalista protestante de Estados Unidos.

El ritual es la realización repetitiva de una ceremonia establecida, y requiere por lo menos de la participación de la persona que la celebra, quien por lo general hace uso de la palabra. Esta participación y uso de la palabra, así como otras cosas a las que se recurre para incrementar el valor de la ceremonia, se repiten con frecuencia en un periodo de tiempo para convertirse en ritual.

El ritual religioso, inalterable a lo largo del tiempo, tiene otra cualidad. La fuerza emocional (fuerza astral) generada en los fieles a través de la continua repetición de los ritos religiosos, toma vida propia en la forma de lo que llamamos pensamientos. Éstos contienen la energía emocional (astral) producida por los congregantes, que son alimentado y reforzados por la energía emocional (astral) de la ceremonia. La energía emocional de los fieles da forma de manera natural al pensamiento astral.

Los pensamientos son fuerzas ciegas, pues no tienen capacidad de razonamiento ni selectividad. En muchos aspectos, la naturaleza emocional puede compararse con el agua. Si colocas las manos bajo ésta, se mojan; si entras a un pensamiento, respondes a la energía emocional que está almacenada en él. El grado de respuesta que tengas a cualquier pensamiento en particular será proporcionalmente directo a la cantidad de energía emocional (astral) que hay dentro de ti. Si eres "miembro" de alguna religión y entras a un lugar donde existen muchos pensamientos respecto a esa religión, tu respuesta sería mucho mayor que si no fueras una persona "religiosa".

Compartir los pensamientos de una religión produce una respuesta emocional en todos, aunque el individuo no está consciente de ello. Casi todos tienen un concepto de religión, generalmente aprendido en la infancia, que forma parte de su estructura emocional.

El pensamiento emocional (astral) genera en ciertas iglesias y lugares sagrados un aura o sentimiento de santidad. Dicha aura o pensamiento estimula una emoción, interpretada como espiritualidad, en aquellas personas que entran a la iglesia o a un lugar sagrado. Un pensamiento que se desarrolla durante un periodo grande de tiempo, a través de la frecuente repetición de las mismas ceremonias religiosas, crea una creencia inconsciente en los preceptos de la religión en aquellos que entran a la iglesia o son congregantes.

La fuerza de los pensamientos es directamente proporcional a la energía emocional (astral) que hay en ellos. Ésta depende de la energía emocional (astral) de los fieles que creen en la práctica de la religión. La energía emocional del creyente, que irradia en la ceremonia, forma y alimenta al pensamiento. Después, los fieles son estimulados para liberar e irradiar la energía emocional (astral) por medio de la presencia del pensamiento mismo.

Uno de los principales objetivos de la ceremonia de consagración de la Iglesia católica romana, o de un antiguo templo pagano, era instalar en el edificio un pensamiento, aunque esta razón no es parte del moderno ritual romano. La instalación de este pensamiento tendrá lugar si quienes participan en la consagración creen en la religión, e irradian suficiente energía emocional durante la ceremonia.

Cuando entramos a una iglesia, catedral o templo donde hay un pensamiento fuerte, es fácil y común que interpretemos el impacto emocional del pensamiento como una experiencia espiritual. Para la mayoría de nosotros es imposible que diferenciemos entre una experiencia emocional y espiritual. La presencia del pensamiento continuamente renovado, en sí mismo, hace que la parte emocional (astral) del fiel crea en la opinión teológica de la religión. Esto hace que el creyente libere más energía emocional hacia el pensamiento durante la ceremonia.

La conservadora misa católica en latín es muy eficaz porque la misa trinitaria en latín se practica a diario en todo el mundo desde hace quinientos años. Cuenta con un ritual completamente desarrollado, uno de los más poderosos del mundo. En alguna época, los sacerdotes católicos romanos del planeta daban la misa en latín todos los días y de la misma manera. Como este acto se realizaba en el mismo idioma en todas partes, una enorme energía emocional se convertía en pensamiento. La energía de éste era inmensa. A pesar de que su intensidad es menor hoy en día, y en la Iglesia católica romana se reemplazó por la misa en lengua vernácula, el antiguo pensamiento de la misa en latín sigue siendo poderoso, un pensamiento que por lo menos tomará un siglo o más disipar.

El cambio de misa en latín a vernácula, hizo que muchos católicos comentaran que "algo le faltaba" a su ceremonia. Lo que hacía falta era el poder del pensamiento de la misa en latín. Le tomará cientos de años a la misa vernácula crear un pensamiento como lo hizo la misa en latín. Incluso entonces, el pensamiento de aquélla se limitará al número de naciones en las que se diga en el mismo idioma y de la misma manera. Mientras tanto, la misa en latín seguirá conservando un impacto emocional más fuerte en las creencias de los católicos romanos que la misa vernácula.

El actual impacto del crecimiento del Islam en el mundo se debe a la fuerza del pensamiento generado por las oraciones que los devotos musulmanes de todas partes repiten cinco veces al día. La fuerza de este pensamiento religioso ejerce una presión emocional real en los creyentes, y en las personas con las que tiene contacto. Las plegarias de los devotos de cualquier religión fortalecen la fe de quienes la practican, y crean un pensamiento manta que cubre a los miembros de la secta religiosa con un sentimiento de consuelo y seguridad emocionales. Esta es una de las razones por la que la religión, cuando se practica con fervor, produce en el creyente tal alivio emocional.

La mente inconsciente es ilógica y ciega, acepta lo que se le presenta como verdadero, en particular cuando lo hace una personas que el inconsciente considera una autoridad. Cuando la aceptación del inconsciente combina con la autoridad astral de un pensamiento fuerte y lleno de energía, el individuo admite por completo la "verdad" de la religión a nivel emocional (astral). En realidad, la persona aceptó un grupo de creencias. Éstas son "verdaderas" en la religión y en la cultura en la que practican. Sería muy poco probable que sean las verdades de Dios, pues cada religión tiene su propia idea de esas verdades. Es difícil creer que Dios, el Creador del universo, no esté seguro sobre lo que desde su perspectiva es verdad.

Cuando existe discordia entre los hechos del universo, presenciados a través de los sentidos físico del creyente, y las creencias aceptadas por la mente inconsciente, tiene lugar una separación en el proceso de actividad mental (pensamiento racional). Si se obliga a un individuo a que acepte los hechos del mundo físico y viva en esa realidad, la religión que predique una cosmovisión opuesta o contradictoria, pierde credibilidad en la mente de la persona. Entonces, es el estrés mental —el conflicto entre la doctrina de la religión y los hechos que el individuo presencia en la Tierra— lo que provoca la "pérdida de la fe", o al menos su debilitamiento, en el transcurso de la vida.

Este choque puede verse en el éxito que tuvieron los esfuerzos de los misioneros en las culturas primitivas. Por lo general, los misioneros están respaldados por los placeres materiales, que son indicativo de la gran riqueza de la cultura primitiva. La religión de dicha cultura dice que dará toda clase de riqueza material a sus creyentes. La dicotomía da como resultado que los miembros de la cultura primitiva se conviertan a la nueva religión, con el objeto de obtener el beneficio económico que saben les dará el nuevo Dios.

En el caso de las culturas religiosas, el estrés mental del individuo con frecuencia se relaciona con lo que reprime la religión establecida. La represión sexual hace que la gente se aparte de su religión para satisfacer sus necesidades sexuales, lo que la separación de la religión, por lo menos en parte, les permitirá. Ésta es una de las causas de la "pérdida de la fe" en las culturas europeas de lengua romance, así como la clásica razón que siempre se da para justificar la separación de Roma de la iglesia anglicana.

Separarnos de nuestras creencias originales adquiridas en la infancia es un punto importante, no importa si se trata de una creencia de naturaleza religiosa o secular. El acto mental de separación de las creencias de la infancia siempre produce tensión en nuestros procesos mentales. En muchos casos, el brusco alejamiento de una creencia aceptada, que da como resultado un trauma emocional, puede ser un factor causante de patologías mentales comprobadas.

En momentos de estrés y trauma emocional, las creencias religiosas profundamente arraigadas saltan a primera plana. Conforme entramos en años y nos acercamos a la muerte, las creencias religiosas de nuestra infancia comienzan a aparecer otra vez en la vida diaria. En épocas de trauma emocional, las creencias religiosas fundamentales de nuestra infancia vencen cualquier racionalidad adquirida o creencia que nos haya llevado a una conversión intelectual o emocional superficial. La causa primordial de esta inversión de creencias es la disciplina impuesta en la mente de los creyentes a través de los pensamientos de la religión de la infancia. La "verdad" de esas creencias, presentadas al inconsciente en la primera infancia, emerge para superar cualquier creación posterior de alguna creencia que únicamente tiene autoridad intelectual (o una aceptación emocional menor) para demostrar su validez.

La emoción y la repetición de la ceremonia dan forma a los pensamientos, y desarrollan los rituales. Las variaciones en la ceremonia, como el lenguaje, el ritual, el servicio, tienden a crear nuevos pensamientos. Éstos son débiles, no tienen el efecto de los pensamientos bien establecidos creados por el continuo uso ritual de la misma ceremonia.

Aunque te conviertas en sacerdote, sacerdotisa, o practicante de un ritual religioso, la verdad de la religión, que se ha convertido en la verdad básica de tu vida, es reforzado por la probación de tu papel como "sacerdote" de la práctica religiosa. Después de la aceptación del ritual religioso y de tu lugar en el sistema, entonces puedes manifestar obras de "magia", según la capacidad de tu naturaleza astral para hacerlo y si los principios de la religión permiten que se manifiesten dichas obras. Muchas religiones tontamente niegan a su clero la posibilidad de la magia.

Por medio de este proceso los sacerdotes o sacerdotisas, como miembros creyentes de una práctica religiosa en particular, manifiestan los llamados "milagros" a lo largo de su vida. El Padre Pío de la Iglesia católica romana es un excelente ejemplo de esto. La capacidad de los sacerdotes para realizar exorcismos y sanaciones, es otro ejemplo menos espectacular. La gente que realiza milagros es prueba fehaciente de la validez de cualquier religión, ya que las religiones siempre se fortalecen con los santos vivos, no con su aparente jerarquía terrenal.

La manera en la que los santos "muertos" de una religión hacen milagros, cuando se les reza, es similar al proceso por medio del cual un sacerdote o santo vivo dejan de manifiesto sus milagros. En el caso de la mayoría de los "santos" muertos, el milagro depende más de fuerza astral del ser humano vivo que reza, que de la fuerza astral del "santo". Algunos "santos" de varias religiones tienen grandes fuerzas de pensamientos adquiridas por la veneración de sus cultos. La fuerza astral de los pensamientos de dichos santos interviene en la realización del milagro deseado.

La magia religiosa es poco común en las religiones actuales estadounidenses mejor conocidas como "tendencias principales". En la Edad Media, la magia religiosa era más frecuente. En algún momento se creyó que la gente realmente podía morirse si un sacerdote le dedicaba una misa de difuntos si estaba todavía con vida. Por lo general, las misas se dicen con una intención o un propósito de alguna especie, que casi siempre es por el descanso del alma de los miembros difuntos de una congregación.

La oración principal de los servicios de los días entre semana, Amidah, está conformada por trece secciones de peticiones, incluyendo la parte final en la que el fiel puede añadir peticiones con respecto a sus propias necesidades. Muchos de los devocionarios estándares en este punto indican una oración para el perdón o para la prosperidad. Los devocionarios hebreos contienen plegarias casi para toda ocasión, incluyendo para el buen clima y muchas otras intenciones humanas. Este procedimiento de tener variedad de oraciones para diferentes intenciones también lo sigue la iglesia episcopal de Estados Unidos. Otras denominaciones protestantes creen que cualquier plegaria con objetivos materiales es obra del mal. Con una teología que niega la posibilidad de magia religiosa, la religión logra que su clérigo nunca la practique.

Ahora existen de religiones menores en Estados Unidos, y estos grupos hacen magia como parte de su práctica religiosa. Muchas son religiones paganas o neopaganas que surgieron en los años 60. Otras religiones mágicas que se practican en las grandes ciudades provienen de religiones afroamericanas. Es probable que en algunas generaciones estas religiones desarrollen un clero adepto a la magia religiosa. Esta capacidad ya ha sido demostrada en la religión de la ciencia cristiana, donde cada generación sucesiva de "lectores" tiene una capacidad mayor para sanar a los enfermos que se les acercan.

Un sorprendente ejemplo de magia religiosa es el sacramento del bautismo, en la religión cristiana. Este acto es un verdadero ritual religioso, aunque con frecuencia es socialmente útil para la mayoría de las iglesias protestantes. Pero en la Iglesia católica romana tiene un significado más importante. Si se realiza de acuerdo con el ritual romano, primero es un exorcismo de las influencias demoníacas que pudiera recibir el niño, es su primera limpieza espiritual. Segundo, el ritual abre el camino para que la criatura se convierta en miembro de la familia del cuerpo de Cristo, entregándosela a Él a través del agua consagrada del ritual del bautismo. Tercero, se asegura la participación del niño en la comunidad de los creyentes cristianos con un par de padrinos, que estarán para velar por el pequeño junto con los padres naturales, y se asegurarán que se le eduque como buen miembro de la religión cristiana. Si el ritual del bautismo se entiende de esta manera, puede ser reconocido como un poderoso rito religioso con un efecto duradero en la vida del niño.

La Iglesia romana no es la única religión cristiana que trata al bautismo con el mismo grado de seriedad, también lo hacen algunos de los grupos protestantes más fundamentalistas. Cuando un niño recibe el bautismo por parte de un sacerdote o pastor que trata al acto con la consideración que se merece, es mucho más probable que siga la religión en años posteriores. Si un fuerte pensamiento de la religión se imprime en la criatura en una ceremonia solemne de magia religiosa a temprana edad, hay mayores posibilidades de que sea creyente conforme va entrando en años.

Como ejemplo de un ritual religioso que no produce conflictos con ningún credo, y que por lo general tiene resultados positivos para la persona que lo lleva a cabo, puedes pronunciar la siguiente oración para el ángel de la guarda los lunes en la mañana, antes de irte a trabajar.

Toma una velita blanca, puedes usar la de cumpleaños, y enciéndela mientras dices la siguiente oración a tu ángel de la guarda.

> *A ti que me acompañas en esta vida como mi guía y mi protector, te expreso mi gratitud con esta vela que prendo para ti. Agradezco tu tierno cuidado y guía.*

Deja que la vela se extinga.

Igual que la cristiana, las prácticas religiosas judías e islámicas creen en el ángel de la guarda, y esta oración no está reñida con ninguna de ellas. Además, da buenos resultados a quienes la dicen por lo menos durante seis meses.

Capítulo 4

Magia ritual y ceremonial

La magia ritual y ceremonial es lo que se conoce sólo como "magia" en el mundo occidental. A principios de la Edad Media, la práctica de magia ritual y ceremonial se consideraba un arte similar a la filosofía. Se creía que era un medio válido para tratar directamente con las fuerzas superiores invisibles del universo. Se esperaba que los caballeros cultos tuvieran conocimientos sobre el arte de la magia ritual y ceremonial, así como se esperaba que supieran de filosofía.

En Europa, la magia ritual y ceremonial, desde el Imperio Romano hasta la Reforma, estaba completamente ligada a la religión imperante de la época. Cuando el cristianismo llegó al poder con Constantino, de inmediato la magia se volvió cristiana por naturaleza. Muchas ceremonias mágicas muy trilladas, algunas tan antiguas que pertenecían a la era de Babilonia, tomaron el nuevo atuendo teológico de la religión cristiana.

Las prácticas religiosas cristianas impusieron en el antiguo círculo mágico babilonio los nombres de los cuatro ángeles judíos; también reemplazaron los nombres de las deidades del panteón babilónico con los del panteón romano de las fuerzas planetarias, y los nombres de las deidades hebreas del Antiguo Testamento con los de los atributos del Altísimo.

La teología cristiana añadió otra fuerza que se reconocería en la magia. El diablo, que en el judaísmo y Babilonia se consideraba una molestia menor, se convirtió en el oponente directo de Dios en la cosmovisión cristiana. Mientras que este concepto siguió la visión de la Persia zoroástrica de la constante dualidad entre las fuerzas del bien y del mal, era algo desconocido para la tradición judía y para las antiguas prácticas y creencias babilonias y sumerias. Según los teólogos, los magos cristianos que no cumplían con su arte temían al Diablo y sus almas se perdían en los horrores del Infierno.

Para los cristianos, no poder hacer magia tenía un precio tan alto, que se consideraba que era mejor pensar en ella que practicarla. Los filósofos medievales hicieron muchas teorías y escritos sobre magia, pero practicaron pocas obras mágicas. Veremos que esta actitud intelectual respecto a la práctica de la magia sigue presente hoy en día.

Por lo general, la magia ritual y ceremonial se considera "magia mayor", en contraste con la "magia menor" de la brujería o necromancia. La práctica de la primera requiere por lo menos de la capacidad de saber leer y escribir, algo que la segunda no necesita. La magia mayor contrastó vívidamente con la simple práctica de la brujería. Ésta era el terreno de la gente de campo iletrada, mientras que aquélla era el campo de la gente de ciudad, y siendo más específicos, de los clérigos y la nobleza culta.

Existe otro contraste importante entre la "magia mayor" de las clases cultas y la "magia menor" del campo. Ésta funcionaba para el operador, produciendo resultados en el mundo físico. Mientras que la muy elaborada teórica y teológicamente "magia mayor" no generaba resultados físicos; funcionaba lo suficiente para alejar su reputación del peligro, pero no para quienes la practicaban. En la práctica, cualquier tipo de resultados era esporádico y siempre dependía del mago. Ahora analizaremos la más formal alta magia ritual y ceremonial tal como se practica hoy.

Ya había explicado que los servicios religiosos son ceremonias, y el servicio de algunas religiones es una ceremonia más ritual que en otras. El único ritual de unas cuantas religiones es que tienen una hora de asistencia al servicio. El ritual de cualquier religión es la base para la construcción de un pensamiento que envuelve a los fieles en una experiencia emocional compartida de la religión, y que emocionalmente da energía a los devotos en su culto a Dios.

La magia ritual era la base de la mayoría de las antiguas religiones misteriosas. En el sentido en el que lo hemos discutido hasta este punto, podríamos decir que sigue siendo la base de las religiones del mundo. La religión es, en gran medida, la práctica de la magia ritual y ceremonial. Igual que muchas prácticas de magia ritual, la intención es producir un resultado en el mundo no físico y no en el físico. De hecho, el resultado siempre es de naturaleza emocional.

En la religión, o la magia ritual, siempre se libera cierta cantidad de energía emocional durante la ceremonia. La liberación de dicha energía actúa para realizar un cambio en la naturaleza emocional de la persona que participa en la magia o la religión. Asimismo, representa el cambio de conciencia, la meta deseada por la mayoría de los practicantes de la magia ritual. Esta misma liberación de energía emocional podría usarse para hacer cambios en el mundo físico.

La magia ritual no necesita de dioses ni de un panteón de deidades, pues cuando se orienta hacia uno en particular, de inmediato se convierte en una práctica mágico-religiosa. Las ceremonias de la magia ritual pueden o no recurrir a las Inteligencias Extrahumanas, espíritus, elementales de la Naturaleza, ángeles o demonios. En la Edad Media, los más eruditos adeptos de la magia ritual dedicaban la mayor parte de su tiempo y sus esfuerzos a escribir largas listas de estos espíritus y demonios, e incluían los medios teóricos para evocarlos y que hicieran la voluntad del mago. Las obras de magia de estos eruditos filósofos y magos produjeron algunos resultados.

La magia ritual, sin todos los detalles, es simplemente una ceremonia o ritual, que puede ser cualquier cosa necesaria para que la magia produzca los resultados deseados en el plano físico. El hecho de que una ceremonia o ritual en particular date de la antigüedad no es garantía de que sea mejor o peor que uno llevado a cabo por el mago sin pensarlo.

Benvenuto Cellini, el famoso orfebre y artista, informó en su autobiografía sobre el resultado más bien emocional de una compleja evocación mágica en el Foro romano. Igual que mucha gente que ha sufrido de curiosidad casual respecto a la magia ritual y ceremonial, Cellini fue testigo de algunos resultados de la evocación de espíritus. Las formas que vio en el Foro lo asustaron tanto, que nunca repitió el experimento. Lee R. Gandee dio a conocer los excelentes resultados que obtuvo al ayudar a personas afligidas con un conjuro usando los nombres botánicos en latín de los árboles. En uno de los capítulos de su libro *Experiencias extrañas* (*Strange Experiences*), se ilustra gráficamente que la magia es una estructura de fe que opera cuando el inconsciente se convence, a través de la fuerza de la sugestión, que la magia será eficaz. Dicha sugestión funciona por medio de la fuerza emocional (astral) del pensamiento de quienes participan en el ritual. La sugestión y la resultante fuerza emocional de los participantes del ritual, hacen que éste manifieste sus resultados en el mundo físico.

Las ceremonias de magia ritual y ceremonial están estructuradas con rigidez, aunque más en algunos sistemas mágicos que en otros; por lo general, tienen un propósito, así que una ceremonia nueva debe construirse según el objetivo deseado. Los verdaderos operadores de este arte mágico cuentan con un vasto repertorio de ceremonias. Actualmente, la naturaleza de los rituales que se publican comprende cualquier forma concebible de deseos humanos. Algunos de los rituales son tontos y se han publicado en los últimos años.

Unos cuantos de los mejores libros que hablan de los fundamentos de la magia ritual y ceremonial, incluyen rituales básicos que pueden alterarse para que el(la) operador(a) dirija el ritual al fin deseado. En términos de magia, ésta es una práctica mucho más sólida porque se crea el pensamiento del ritual básico y se refuerza con cada repetición. Por lo tanto, el pensamiento del ritual básico seguirá creciendo gracias a la energía emocional del practicante y de quienes lo asistan en el acto. En su libro *Magia: Un manual de lo oculto* (*Magic: An Occult Primer*), David Conway describe dos tipos diferentes de rituales que satisfacen la mayoría de las necesidades humanas.

Las ceremonias y rituales de este tipo de magia son más largas y mucho más complicadas que los hechizos cortos de la gente del campo. Éstos, que con frecuencia tienen rimas, son los preferidos de la gente que usa magia natural. Parece que los rituales complejos causan una profunda impresión en el influenciable inconsciente. En el caso la magia natural, la impresión no se transmite a través de la sugestión, sino que se impone en la mente receptora, que sin vacilar la acepta como una orden.

Los rituales de la magia ritual y ceremonial son caros, tardados y requieren de equipo para llevarlos a cabo. Además, es necesario tener estudios y tiempo libre, lujos de los que difícilmente gozan los pobres. Para la magia ritual y ceremonial hay que usar algunas cosas que alguien ajeno al tema quizá llamaría utilería. Se trata de espadas especiales, incensarios, vestiduras y otros artículos. En cada ceremonia realizada se utilizan elementos diferentes. En los *grimoires* (grimorios)* de la Edad Media se describen muchos de estos accesorios con gran detalle.

Las ceremonias especiales de la magia ritual y ceremonial se llevan a cabo en un lugar poco común, como un templo con determinada forma, el pico de una montaña, un cementero, o sitios del estilo. Con todo el teatro que requiere, la magia ritual y ceremonial es un tema estimulante para crear historias. Su realización es espectacular, por lo que es muy comprensible que en las novelas se describa como "mágica".

En su excelente libro para magos más avanzados, Peter Carroll explica de la siguiente manera por qué la necesidad de estos elementos teatrales:

> La mayor parte de la parafernalia y teoría de la magia, incluyendo esta teoría, existe para convencer al mago de que lo es y de que la magia es posible en un ambiente cultural que se opone con fuerza a dicha idea.

---

*Nota de la traductora: Libros de magia que usaban los hechiceros.

Ya que la magia ritual y ceremonial puede ser practicada por un grupo o por un individuo, es la base de muchas "Logias Secretas" que aparecen en los relatos imaginarios de lo oculto. Historias sobre grupos de magos negros estimulan a los lectores de dicha literatura, y se ha publicado suficiente material sobre rituales que permite a los autores situar a sus novelas con exactitud; por desgracia, la mayoría de las historias no se basa en hechos. Los verdaderos relatos sobre la práctica de la magia resultarían increíbles o aburridos para el lector común. Las logias de magia reales no son más emocionantes que las recopilaciones historias de señores jubilados que se reúnen en el club a jugar cartas. Las logias como las que se ilustran en las novelas hoy ya no existen, si es que algún día lo hicieron.

La clase de magia que la mayoría de los actuales magos rituales y ceremoniales practican se encuentra en los registros de magia que se han publicado. Uno de esos ejemplos se encuentra en el libro *Bailarines de los dioses* (*Dancers to the Gods*), editado por Alan Richardson. Puedes lograr resultados similares a los de esos magos con cualquiera de los alucinógenos que existen en la actualidad; aunque también los obtienen las personas que participan en fantasías mentales de grupo. No considero que dichos efectos sean magia, pues no hay consecuencias físicas.

Ejemplo de un acto de magia con resultados físicos, practicado por un mago que usa el mismo, o por lo menos muy parecido, sistema de magia ceremonial:

> ...gorriones muertos empezaron a aparecer en nuestro patio. Algunas mañanas, muchas para ese entonces... Robby invocó a Baal de la Esfera de Marte y lo dejó de guardia, patrullando nuestra casa. La llegada de aves muertas se detuvo de repente, igual

que como comenzó, y unos días después uno de nuestros vecinos se cambió de casa en medio de la noche.

Aunque las "Logias Secretas" que practican magia ritual y ceremonial se encuentran en las grandes ciudades, por lo general son más falsas que reales. Son una válvula de escape para las espectaculares capacidades de algunos individuos. No son ni malignas ni espirituales, y los beneficios para sus miembros tampoco son de larga duración. Los estudiantes formales de magia ceremonial las evitan.

Estudiar para convertirse en mago ritual o ceremonial es un proceso largo y difícil. Hay que aceptar un grupo de creencias que ignora las comunes inhibiciones culturales respecto a la práctica de la magia. El mago debe admitir sus estructuras mentales con suficiente entusiasmo para que pueda liberarlas con todo el poder emocional durante el ritual. La fuerza inconsciente del operador se aplica en dirección a la voluntad del mago para que la magia tenga éxito. Dicha fuerza debe ser capaz de evitar cualquier inhibición inconsciente aplicando toda la fuerza astral del operador en el acto a realizar.

Como en toda práctica de magia, la mente inconsciente del operador tiene que estar en concordancia con la meta a cumplir. La mente consciente y la inconsciente se enfocan hacia el objetivo elegido. Sólo así la fuerza astral del mago se centra en el ritual.

Tomando en cuenta que hay mucha gente que no puede conservar su atención en un objetivo más de unos minutos, esto resulta muy difícil. El objetivo es lo primero en lo que el mago que está estudiando debe concentrar su atención. Un manual de entrenamiento popular incluye éste como primer ejercicio: "Conserva tu pensamiento en el mismo objeto sin la menor digresión por lo menos durante 10 minutos".

Como sucede con la mayoría de los ejercicios de magia ritual y ceremonial, producen beneficios, aunque los estudiantes no estén preparados para controlar el arte de la magia. Los beneficios de llevar acabo estudios serios son una de las principales atracciones para los neófitos que realmente están interesados. Con frecuencia, quienes se convierten en verdaderos magos son consideradas personas diferentes, pues se relacionan de manera positiva con el mundo como resultado de su entrenamiento mental.

Los psicólogos dicen que las inhibiciones, los miedos y las culpas, son las principales barreras que existen entre el individuo y su verdadero yo. Para la mayoría, estas emociones negativas se aprenden a través del condicionamiento social, que afecta a la persona desde su nacimiento y hasta su muerte. El ser que desea practicar magia debe deshacerse de esas barreras de emoción condicionada. La mayor parte del entrenamiento para practicar magia tiene este fin; obviamente, hay gente que nunca logra borrar las barreras emocionales.

El objetivo de muchas personas es desarrollar el control de la mente y de la emociones, así como deshacerse de sus inhibiciones, miedos y culpas. Que puedan lograrlo por medio del entrenamiento que recibe un mago ceremonial, es uno de los motivos por los que algunos individuos, sin ningún interés inicial en la magia, pasan por el largo y difícil proceso. Es el punto de venta del sistema, por así decirlo.

El proceso de eliminación de barreras entre el yo verdadero y el aparente es el inicio del domino de la magia —no el final. Es el estado en el que te conviertes en recipiente vacío u "hoja en blanco". Alcanzar esta meta es una de las razones de por qué los sistemas de magia ceremonial más famosos, en particular aquellos que provienen de las obras de Aleister Crowley, hacen del "Conocimiento y Comunión con el Santo Ángel de la Guarda" una de las labores más importantes del mago ceremonial. El grimoire de Crowley era *El libro de la magia sagrada de Abramelin, el mago,* pero sus seguidores aún siguen debatiendo si completó o no el trabajo. Muchos de los que han intentado seguir sus pasos usando ese libro de hechicería, han dado a conocer variedad de experiencias extrañas. Incluso se dice que algunos de ellos han perdido la razón por trabajar con él. No es un sistema de magia que recomiende.

Sólo cuando establecen la comunión, generalmente por medio de otras prácticas, y desarrollan la "verdadera voluntad", los magos pueden recurrir a la magia ritual y ceremonial para lograr lo que desean. No obstante, los deseos siempre concuerdan con la verdadera voluntad, y cabe señalar que la verdadera voluntad del mago quizá sea la de no ser mago. En este caso, la gente que llega hasta aquí por lo menos descubre cuál es su verdadera voluntad.

El trabajo de magia en grupo es muy similar. La capacidad de un grupo para practicar magia está limitada por los miedos, culpas e inhibiciones de sus miembros. Como resultado, la mayoría de los grupos hace pocas obras reales. El antiguo adagio de que el camello es un animal diseñado por una comisión, también se aplica a la magia grupal. Los grupos modernos de magia que he visto serían muy afortunados si se les ocurriera un camello.

Una vez un amigo comentó que cierto grupo de magia tenía mucho éxito con sus actos. Añadió que cuando este grupo entraba a una habitación provocaba el mismo efecto que un Equipo A de las Fuerzas Especiales del Ejército. Las miradas se dirigían a él no sólo por la fuerza que transpiraba, sino que su sola presencia y vitalidad transformaban la atmósfera del lugar.

Para formar un Equipo A de las Fuerzas Especiales del Ejército se requiere la misma clase de cuidadosa selección de personal, trabajo y disciplina que para crear un grupo de magia. Muchos grupos secretos no tienen la oportunidad de lograr ese nivel de capacidad. Los miembros de la logia deben acceder por voluntad propia a desarrollar la disciplina y la armonía antes de lograr dicho efecto. Hay grupos que pierden el tiempo socializando y provocando falsas ilusiones. En realidad, ésta era la meta final de la más famosa orden de magia en el mundo de habla inglesa, la Orden Hermética de la Aurora Dorada.

Debido a lo difícil que es contar con un grupo capaz de manifestar cosas en el mundo físico, el objetivo de la aplicación de la magia ritual y ceremonial en tiempos modernos es "expandir la conciencia" del mago. El propósito de permitir que el mago desarrolle lo primordial, como el conocimiento y la comunión con su ángel de la guarda, ha convertido a la magia en una forma de desarrollo personal psicológico. El beneficio de esto es la estabilidad psicológica, que permite al mago tener una mejor vida material mientras se supone que trabaja su espiritualidad.

En la antigüedad, el camino del desarrollo tenía un objetivo diferente. Se recurría a la magia ritual y ceremonial para alcanzar metas más mundanas. El uso de rituales y ceremonias era una técnica, mientras que el desarrollo espiritual, que permitía al individuo utilizar la técnica con eficacia, se lograba a través de un medio que ya no formaba parte de la corriente moderna del conocimiento de la magia. Se requería la guía de un maestro espiritual.

Los ritos de la magia ritual y ceremonial brindan estimulación sensorial física que ayuda a que la mente se concentre en el propósito de la ceremonia. Los sentidos se estimulan para que el mago conserve la concentración mental requerida. Los colores, aromas, imágenes, sonidos e impresiones táctiles, participan en la ceremonia. La armonía se logra uniendo las intenciones del ritual con los estimulantes sensoriales a través de un sistema de correspondencias. Éstas son conexiones, teóricas o reales, entre el reino físico y el astral. La creencia de las correspondencias tiene su origen en el concepto de que las influencias astrales se manifiestan de alguna manera en el reino físico. Así lo expresa un precepto de la antigua y famosa Tabla de Esmeralda: "Lo que está abajo es como lo que está arriba".

El sistema de correspondencias utilizado depende de la magia ritual y ceremonial que se emplee, así como de las tendencias culturales y sociales del sistema de magia que se use. Lo magos crean estas conexiones para sí mismos o las aprenden de los libros o los maestros, lo que sucede con más frecuencia. Es más confiable, aunque mucho más difícil, que hagas tus conexiones.

Para llevar a cabo la magia ritual y ceremonial con facilidad, es necesario que la mente inconsciente acepte como verdad absoluta un grupo particular de correspondencias. Éste siempre es una poderosa estructura de creencias, que puede o no ajustarse a la realidad divina. Sea o no un mapa exacto del universo astral, el grupo de correspondencias debe formar parte de las profundas creencias de la persona y todo junto debe integrarse al consciente.

Para el practicante de magia ritual y ceremonial, la aceptación de esta estructura de creencias no es negativa. Es necesario que el operador nunca se coloque en circunstancias que pudieran afectar las raíces de dicha estructura. Por esto los rituales que no producen resultados físicos son más seguros para el mago. Una grieta en la estructura de creencias, como descubrir que las producciones no tienen valor en el mundo material, puede dañar el proceso de la actividad mental. La mente racional y la capacidad de emplear la voluntad del mago se afectarán, y lo menos que esto provocará es que el mago ya no pueda practicar el arte de la magia. En el caso de quienes carecen de estabilidad mental, esto les causaría un colapso nervioso e incluso demencia. Éste es uno de los muchos "peligros" secretos de trabajar con la magia ritual y ceremonial, aunque sucede muy pocas veces.

El grupo de estructuras de creencias más adoptado en el campo de la magia ceremonial se basa en la Kábala hebrea. Su símbolo, conocido como el Árbol de la Vida, está formado por diez emanaciones o esferas, y un patrón de canales interconectados entre sí. Las diferentes facetas del mundo físico se localizan, por correspondencia, en este Árbol de la Vida. Algunas se encuentran en una esfera, y otras en uno de los canales interconectados entre dos esferas. El sistema es complejo e intelectualmente ha transformado a algunas de las grandes mentes que ha producido la raza humana.

El problema con este grupo particular de creencias es que es más limitado de lo que podría imaginarse. Si bien es cierto que se trata de un sistema elegante y muy verboso, admirablemente adecuado para la presentación del misticismo religioso judío en su encarnación original, no es un sistema de magia completo y serlo nunca fue su intención. El antecesor del sistema judío sólo tenía ocho esferas, con caminos interconectados que se añaden de manera opcional. Estas ocho aumentaron a diez para cumplir con los requerimientos de la práctica religiosa judía, que pide diez subordinados para elevar las plegarias a Dios. Con este incremento, las ocho esferas originales perdieron su significado original y mucho de su valor real en el caso de los trabajos de magia.

Por otro lado, la Cábala es un sistema de magia excelente para quienes practican la religión judía, en especial para aquellos miembros de la estrictamente ortodoxa rama hasídica del judaísmo. Lo que significa que no sirve, o muy poco, para las personas que no son judías ortodoxas o, por lo menos, que saben hebreo. Basarse en la Cábala es un ejercicio inútil para la mayoría de los modernos seguidores de la magia ceremonial, que la "cristianizaron", lo que quizá mentalmente les complace.

Como en todo sistema de magia, hay un mínimo de cosas que puede lograrse con ella. Pero cabe señalar que registrar el sistema en la mente inconsciente significa que nunca puedes ir más allá de lo mínimo. Si deseas usar la Cábala para hacer magia, te limitarás.*

Además de los diversos sistemas de magia ritual y ceremonial que se usan hoy en día, también existen otros que se desarrollaron por lo menos con la vastedad de la Cábala, y algunos incluso a mayor extensión. Los creyentes católicos romanos podrían recurrir a las reflexiones de San Ignacio de Loyola, el fundador de la orden jesuita. Con esos ejercicios se desarrollan las facultades espirituales y, a través de ellas, un excelente grupo de correspondencias que coinciden con el Vía Crucis; lo que más bien concuerda con la cosmovisión cristiana, y permite a los creyentes cristianos practicar la magia ritual y ceremonial con mucha mayor facilidad que la Cábala. Las catorce estaciones

---

*Nota de la traductora: La palabra Cábala designa al sistema de magia cristianizado, mientras que Kábala se refiere al sistema místico judío, de acuerdo con el uso actual kabalístico judío.

de la cruz también corresponden perfecto a los arcanos menores del Tarot, cada estación concuerda con una de las cartas de los cuatro grupos. La correspondencia con cada categoría del Tarot tiene una atribución elemental, aunque cada una de las estaciones de la cruz puede verse desde el punto de los cuatro elementos. Entonces, las reflexiones coinciden con los arcanos mayores del Tarot, igual que los eventos futuros o pasos en la vida de Cristo, o atributos de Jesús como redentor de la humanidad.

Para los que se dicen cabalistas cristianos, los triunfos o arcanos mayores del Tarot encuentran correspondencia en el árbol cabalista, junto con todo lo demás del universo conocido. Las cartas del Tarot, por sí mismas, se consideran un sistema aparte de creencias y se usan como la base de un sistema propio de magia ritual y ceremonial. Lo que se hace sin la consideración de alguna conexión teórica con la Cábala que hayan acumulado. Tener veintidós lugares para clasificar las cosas no es necesariamente una virtud. Usar los arcanos mayores o menores del Tarot para realizar trabajos rituales, con su propio contexto de creencias, lo acerca un poco más a la intención original, pero no mucho. Los arcanos del Tarot no forman parte de la Cábala hebrea, y nunca lo han hecho. Los colocaron allí los entusiastas aficionados que encontraron una correspondencia entre las veintidós letras del alfabeto hebreo, los veintidós arcanos mayores y las veintidós esferas y canales de la Cábala. La correspondencia es falsa, no importa cuán expandida esté su creencia.

Otro sistema de magia ceremonial que se usa hoy en día es la Magia Enoquiana, que se le atribuye al Dr. John Dee. Todo el sistema le fue revelado por un grupo de ángeles con el que se comunicó a través del médium Edward Kelley a finales de 1500. Hoy diríamos que se trataba de un sistema de magia canalizado. Los documentos originales de esta obra se perdieron poco después de la muerte del Dr. Dee. Después se recuperó una parte y se donó al Museo Británico, donde están actualmente. En su viaje, muchas de las páginas del documento original de Dr. Dee encontraron la muerte al ser usadas para encender el fuego de la estufa en una cocina por una sirvienta a la que quizá no le interesaba la magia. A pesar de lo que se piensa de este elaborado sistema de magia, está incompleto. Las páginas destruidas no pueden reemplazarse. Incompleto como está, el sistema ha llamado la atención de un número de adeptos, muchos de los cuales lo han cabalizado aplicándolo al sistema hebreo que originalmente no tenía ninguna relación con él.

La magia enoquiana también se considera un sistema mágico con sus propios programas de computadora, papel milimetrado y muchos libros de consulta. La gente que lo ha usado dice que es práctico y útil, en el sentido de que produce resultados físicos. Otros argumentan que les ha servido para transformar su conciencia. En definitiva, es uno de los sistemas más populares de magia ceremonial.

Lo que intento dejar en claro es que no existe un sistema rígido de creencias mágicas que debas adoptar a toda costa. Un útil sistema de magia ritual y ceremonial puede construirse a partir de las imágenes y los elementos que desee el individuo. Todo lo que se necesita es que el sistema permita que las mentes racional y emocional estén en armonía para que operen juntas. Por desgracia, muchas personas que deciden practicar magia ritual y ceremonial descubren que inscribir el sistema cabalístico "cristiano" en su mente inconsciente es el medio más disponible para aprender las técnicas.

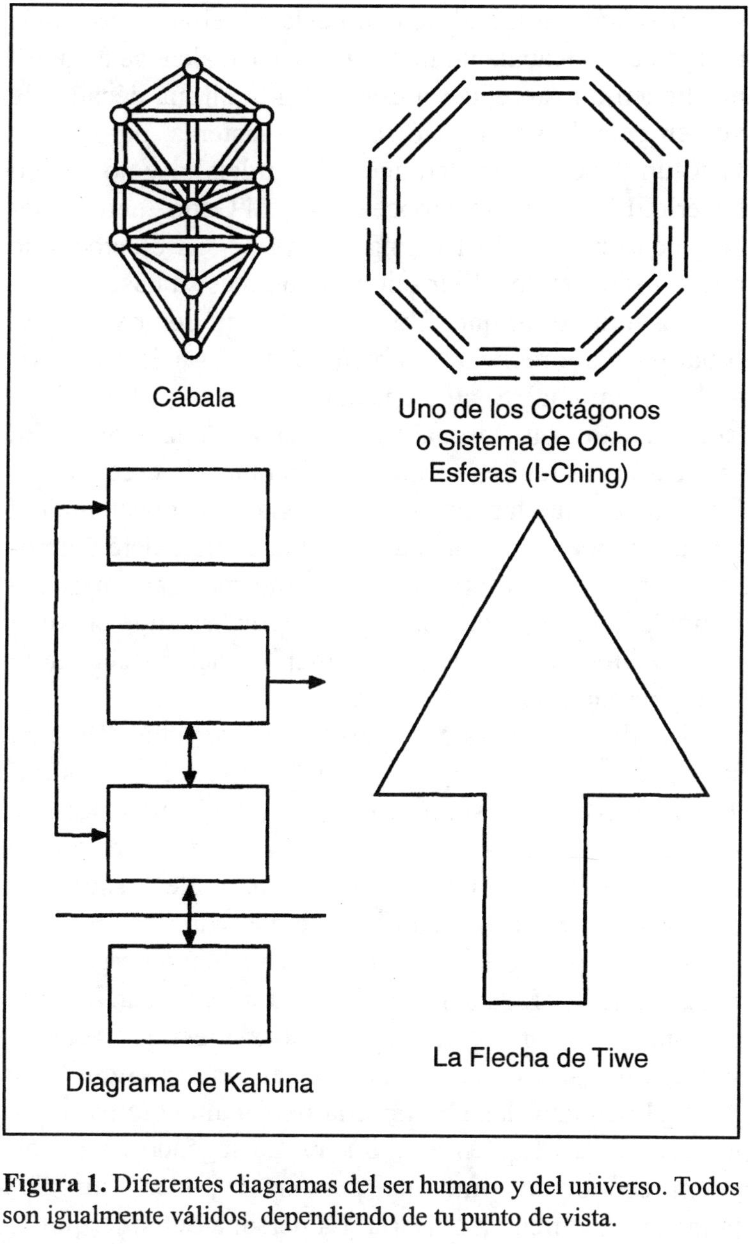

Figura 1. Diferentes diagramas del ser humano y del universo. Todos son igualmente válidos, dependiendo de tu punto de vista.

El sistema original de ocho esferas, el antecesor más antiguo de la Kábala judía, todavía está al alcance de quienes tienen que aprender a usarlo. En la última década, de vez en cuando se escribió sobre ese sistema, pero no he visto un libro que se dedique a él en detalle y no espero hacerlo. El sistema se conoce como "El Ocho" entre quienes recurren a él. El I Ching es uno de sus efectos, que puede usarse en la adivinación, pero no es su base.

Los individuos que sólo tienen conocimientos sobre el ritual básico a realizar, también pueden usar la magia ritual y ceremonial. Si alguien conoce un ritual, y tiene fe en su eficacia, es muy probable que "haga magia" con él. En este caso, el ritual es su propia estructura de creencias, y funciona porque las mentes consciente e inconsciente del operador saben bien que dará resultado. No existen temores, culpas o inhibiciones que se interpongan en el camino de la realización del ritual. Lo que hace que el poder astral del mago intervenga en la manifestación del cambio físico deseado por el operador.

Son de esta naturaleza los rituales diseñados sólo para satisfacer los deseos del operador. En este caso, el individuo cree en el ritual sin reservas, con toda la intensidad de sus emociones. Una vez que se lleva a cabo, el resultado está asegurado, en la medida que la naturaleza astral del operador logre que se manifieste lo deseado.

Un ejemplo de este tipo de magia ritual y ceremonial es el rito de la "Taza del deseo", que aún practican algunas personas en el sureste de Virginia. Lo primero que se necesita es una taza, de café o de té, y el individuo que va a decir el hechizo debe comprarla personalmente para que no haya duda de quién es el dueño. Lo segundo es que alguien reconocido como una "persona de poder" "arregle" la taza para quien va a usarla. La persona de poder por lo general es a quien la comunidad considera brujo o mago. Es común que haya dificultades para arreglar la taza porque el individuo que lo hará deberá pedirle al dueño de la taza que haga algo. Una vez que está "arreglada", la persona que pide el deseo recibe los detalles para que el hechizo funcione. Después, la taza se guarda y sólo se usa cuando se realiza el hechizo.

En el futuro, todo lo que el dueño de la taza tiene que hacer para lograr su deseo es llevar a cabo el hechizo exactamente como se le dijo. Con frecuencia se trata de poner la taza en la mesa de la cocina, escribir lo que se desea, y quemar el papel en ella. A veces, habrá que pronunciar una palabra sobre la taza mientras el papel se consume. Otras, el hechizo tiene restricciones, es decir, que debe realizarse en ciertas fases de la luna, o que el individuo se ponga un pañuelo blanco en la cabeza para hacerlo, o cosas parecidas. Estas restricciones se comunican, junto con otros detalles del hechizo, cuando el mago que "arregló" la taza se la devuelve a quien va a usarla.

Aunque esta clase de hechizos no son tan elaborados ni interesantes como los rituales más grandes de magia ceremonial, sí son efectivos. No obstante, se trata de un hechizo de magia ritual y ceremonial, pues se lleva a cabo un acto particular o ritual practicado de cierta manera y bajo ciertas circunstancias. Una vez que éstas se satisfacen, se considera que el hechizo tendrá éxito.

He dicho que el ritual religioso degenera en supersticiones de origen desconocido. Si los miembros de una comunidad creen con firmeza en una superstición, ésta tendrá el mismo poder que un ritual. Estará reforzada por la energía astral de sus creyentes y con la misma fuerza que el más formal y solemne ritual de la logia más poderosa de individuos que practican ceremonias en la faz de la Tierra.

El proceso de creer en rituales y supersticiones está mejor ilustrado con la rima: "Si quieres que tu madre muera dale una pena". Si de manera inconsciente la gente aceptara esto como una creencia básica, violándola voluntaria y emocionalmente, le causaría a su madre todo el daño que su fuerza astral permitiera. Es un ejemplo simple de la naturaleza real de la magia ritual y ceremonial, pero ilustra lo que quiero decir.

Capítulo 5

Cómo aprender magia ritual

Como en las muchas variedades de estudios espirituales y de lo oculto, es mejor que aprendas magia ritual y ceremonial con un maestro que la practique. Mientras lo buscas y te acepta, la siguiente información te ayudará a empezar con tu entrenamiento. Estudiarla y aplicarla será benéfico aunque no encuentres un maestro que te enseñe magia ritual y ceremonial. El domino de estas habilidades hará que el maestro que localices te acepte.

El maestro acepta al estudiante, tú no estás en posición de juzgar su preparación. Hay un viejo dicho que se aplica a este proceso: “El sabio entiende al ignorante porque alguna vez lo fue, pero el ignorante no entiende al sabio porque nunca lo ha sido”. Los profesores de magia ritual y ceremonial que conozco sólo dan clases a sus aprendices. Una vez que dominas el tema, quizá debas hacerte cargo de dos estudiantes. Y como en el caso de la mayoría de los maestros, sólo tendrás dos alumnos. Las aventuras de las grandes logias de magos nada más existen en los cuentos.

Si lo único que buscas es una introducción al tema de la magia ritual y ceremonial para satisfacerte intelectualmente, hay dos libros que te darán el conocimiento deseado, así como información muy práctica. Hasta cierto punto podrás practicar el arte si lees esos libros.

Magia: Un manual de lo oculto (*Magic: An Occult Primer*), de David Conway (Nueva York, E. P. Dutton, 1972), es quizá la mejor introducción a la magia ritual y ceremonial. Es una guía sobre información de lo oculto, con una tendencia definida hacia la magia ritual y ceremonial. (Actualmente, Aquarian Press, una división de Harper-Collins en Londres, publica el libro).

Magia Experimental (*Experimental Magic*), de J. H. Brennan (Londres: Aquarian Press, 1972) es otra excelente introducción. Igual que la obra anterior, lo escribió un mago practicante.

Como novato y sin maestro, debes tener especial cuidado si lees las famosas obras del fallecido Aleister Crowley. El contenido de los libros no tiene conceptos de maldad, pero están escritos en tono de burla. Un mago ritual con experiencia los considera chistosos, en especial *Magia*.* Ésa era la intención de Crowley. La única obra seria la escribió en sus últimos años en forma de cartas a un estudiante a quien intentaba darle clases, este libro se llama *Magia sin lágrimas*** (*Magic without Tears*). El resto de sus escritos encontrará a un principiante que vaya por el camino equivocado. Sus libros han provocado la ruina de muchos magos potenciales, más que las obras de cualquier autor.

---

*Nota de la traductora: Se han publicado muchas ediciones de *Magia*, de Crowley. La edición más reciente y completa (York Beach, ME: Samuel Weiser, 1994) contiene las correcciones y anotaciones que Crowley había hecho para una segunda edición, la cual nunca se publicó hasta esa fecha.

**La edición más reciente de este libro la publicó la editorial New Falcon Publications, Phoenix, AZ, en 1991.

Si quieres tener logros en el ámbito de la magia ritual y ceremonial, que después podrás utilizar para desarrollar tu espiritualidad, debes seguir el proceso con muchísima precaución. Los libros que leas mandarán información a tu mente inconsciente que luego tendrás que eliminar. El proceso de eliminación es mucho más largo y difícil que el de aprendizaje. Es mejor que trabajes tu mente con las obras que recomiendo.

La teoría de la muy famosa "Magia Tradicional de Occidente" se basa en el proceso de liberar la suprimida fuerza dinámica de la mente inconsciente usando rituales y símbolos. El inconsciente está entrenado para relacionar imágenes con emociones en una forma de auto hipnosis. Este proceso añade energía emocional a la mente inconsciente, no la elimina. Se parece mucho al sistema común de educación, las imágenes sensoriales se conectan a imágenes que hay en el inconsciente a través del proceso de la educación formal, la cultura y las experiencias en la infancia. Este proceso es casi lo opuesto al procedimiento espiritual de eliminar bloqueos emocionales de la mente inconsciente, y poco a poco generar la armonía entre el consciente y el inconsciente que permite al primero controlar, o mejor dicho interrelacionarse directamente con la fuerza dinámica del segundo.

Los estudiantes formales primero deben aprender a usar la mente, lo que se logra en dos pasos. Antes que nada es necesario que sepan concentrarse para que la mente se enfoque en un punto, después se les enseña a meditar. Toma por lo menos un año completar cada paso. Tendrás que hacerlo despacio y con paciencia, día a día, hasta que domines el proceso. Una vez hecho esto, por lo menos contarás con cierto potencial para lograr que un maestro te enseñe magia ritual y ceremonial. Además, descubrirás que tu actitud hacia la vida es diferente, pues habrás enganchado la mente a tu voluntad y estarán bajo tu control. Poca gente logra esta meta. En sí misma es un paso al progreso espiritual.

El primer paso en el proceso de entrenamiento de la mente es que aprendas a concentrarte. Cualquiera de los libros que menciono a continuación son buenos guías. Es importante que no pases al siguiente paso, la meditación, si no dominas la concentración. El verdadero control de este arte es mucho más difícil de lo que crees.

> *Concentración: Un acercamiento a la meditación (Concentration: An Approach to Meditation)*, de Ernest Wood (Wheaton, IL: Quest, Theosophical Publishing, 1949).
>
> *Concentración: Una guía para el control mental (Concentration: A Guide to Mental Mastery)*, de Mouni Sadhu (N. Hollywood, CA: Wilshire Book Co., 1959).

Una vez que domines el arte de la concentración, de inmediato descubrirás que tienes más ganas de vivir la vida. También verás que se detuvo el ridículo parloteo de tu mente, dejándote con más energía para que la dediques al verdadero proceso de vivir.

El segundo paso es aprender a meditar. Después de que controles el arte de la concentración, el siguiente libro te ayudará a aprender a meditar: *Meditación* (*Meditation*), de Mouni Sadhu (North Hollywood, CA: Wilshire Book Co., 1978).

Te tardarás por lo menos dos años en completar ambos pasos, y controlarlos hará que tu vida cambie para bien. Tu mente ya no carecerá de dirección y podrá trabajar en armonía con tu verdadero yo. En ese momento, estarás listo para continuar con el entrenamiento, y sabrás que vale la pena.

Si después de terminar este trabajo no encuentras entrenador, continúa con la meditación y dedica quince minutos diarios a pronunciar los sonidos de las vocales de tu lengua madre en orden de aparición en el alfabeto. La voz es una de las herramientas más poderosas del mago, y entrenarla es una de las facetas más importantes del arte de los magos.

Pronunciar los sonidos de las vocales es el ejercicio de introducción más frecuente para entrenar magos ceremoniales. Como parece que no tiene nada que ver con el tipo de fantasía con el que muchos magos de hoy en día se dan gusto, funciona como pantalla para diferenciar a aquellos cuyo principal interés son las falsas esperanzas de quienes realmente quieren aprender a practicar magia ritual y ceremonial.

Suponiendo que ya controles la concentración, pasa dos años meditando y uno pronunciando las vocales y tendrás fuerza suficiente para encontrar un maestro. Si vives en las afueras, deberías pasar las vacaciones en las grandes ciudades, pues es más probable que allí encuentres un maestro. Muy pocos magos viven en comunidades pequeñas y rurales, la mayoría está en Nueva York, Chicago, Los Ángeles y otros importantes centros metropolitanos.

Es probable que encuentres un maestro, o por lo menos pondrás en movimiento la cadena de eventos que llevará un maestro a tu vida. Mientras tanto, trabaja con los ejercicios. El trabajo tendrá su compensación en cualquier momento.

Capítulo 6

Magia con deidades

Ahora analizaremos las prácticas que creen que a una deidad, una fuerza del universo no físico —o un dios menor— le interesa intervenir en asuntos de humanos. Se llama magia con deidades.

Un fiel o un sacerdote de cualquier religión pueden llevar a cabo magia, aunque no entra en las expectativas de la convencional práctica religiosa cristiana que sus feligreses —o su clérigo— practiquen magia. En muchos casos, los principios de la religión no la alientan o la prohíben. Casi todas las religiones establecidas prefieren enfrentarse al mundo de la teología y del intelecto, y no fomentar las desviaciones de este seguro sitio hacia los inexplorados páramos de los reinos astral y espiritual. En esas áreas, la voz de la jerarquía religiosa no ejerce control.

Hay religiones que exigen a sus sacerdotes y clérigo que sean muy competentes en la práctica de la magia. La demanda de sacerdotes-magos es a veces tan fuerte, que quienes no hacen magia eficazmente para sus feligreses pierden con rapidez el estatus de sacerdotes, e incluso hasta su cargo. Éstas son las prácticas mágico-religiosas.

Dichas religiones tienen su origen en tiempos antiguos y hacen énfasis en la realización de magia como parte integral de la práctica religiosa. Hay religiones que se derivan de lo que se conoce como línea sumeria. Todas tienen raíces en, y similitudes con, antiguas prácticas religiosas de Arcadia, Sumeria, Babilonia y Egipto. Éstas incluyen "deidades", obras del creador primordial, por lo general miembros de un panteón,* o un grupo de dioses. Como el panteón de los Santos que se encontró en la Iglesia católica romana, esas deidades se atraen con plegarias y ofrendas, y se les pide que ayuden al fiel a cumplir sus deseos mundanos.

A través de las oraciones que un fiel dirige a una deidad, santo o otra figura de culto, se satisfacen los deseos del miembro de la religión. Ésta es magia religiosa o práctica mágico-religiosa. Es una magia muy parecida a las prácticas mágico-religiosas del mundo antiguo y a las prácticas religiosas que el mundo actual llama sociedades primitivas.

Hay muchos sistemas de creencias que consideran que las acciones de las deidades, seres, o espíritus, que hizo el Dios Creador (o emanaron de Él), ejercen influencia directa en el ser humano encarnado. Dichas deidades, o emanaciones, en realidad son fuerzas astrales del universo que una cultura en particular volvió antropomorfas para que satisficieran los requerimientos materiales y emocionales de la misma.

Las conocidas mitologías griega y romana son mitos de un panteón de deidades que cumplió con la necesidad mágico-religiosa de las religiones de las antiguas sociedades griega y romana. Los panteones griegos y romanos palidecen cuando se compran con los coloridos panteones de alguna religión africana, pero son de la misma naturaleza.

Es más fácil comprenderlo si consideramos que las deidades son la forma antropomorfa de las diferentes fuerzas

*Nota de la traductora: En la Roma antigua, era un templo dedicado a todos los dioses.

del universo, con atributos humanos según las necesidades de la cultura en la que fungen como tales. Los santos de la Iglesia católica romana son así. En el nuevo mundo, los africanos religiosos no tienen problema para identificar a sus diferentes deidades tribales con los santos de la Iglesia católica romana y venerarlos con su nuevo aspecto.

El paralelo entre los santos católicos y las deidades de los panteones mágico-religiosos va más lejos. Ambos rigen áreas específicas de la vida humana. Los creyentes rezan a santos y deidades para tener éxito en el área de la vida que rigen; han creado cultos en honor a ellos, e incluso han establecido organizaciones formales con sistemas de plegarias y ofrendas. En ambos casos, se honra más a algunos santos y deidades que a otros. Por ejemplo, en la Iglesia católica romana existe la Asociación de San Judas y gran número de otras organizaciones, como la Legión de María, la Sociedad del Rosario, etc. En la santería, hay un grupo de devotos de Changó,* y más grupos que veneran a otras deidades, que se reúnen por separado para honrar a su deidad, como los hombres de la asociación de San Judas.

Quienes practican magia con deidades creen que las personas nacen en la jurisdicción de una o dos deidades del panteón de su cultura. Esta práctica se compara con la costumbre católica romana de poner a un niño el nombre de un santo, o cuando un converso se bautiza en la iglesia. Esas deidades son los "padres espirituales" de la persona y se cree que la asistirán en los problemas que tenga en la

---

*Nota de la traductora: Es un orisha (deidad y santo al mismo tiempo) del panteón Yoruba, una de las 16 divinidades más importantes a las que se adora activamente y alrededor de las que se celebran mitos de iniciación, adivinación y magia, principalmente en Cuba.

vida. La iniciación en las prácticas mágico-religiosas tiene lugar según la divinidad que por medio de la adivinación es el padre espiritual del iniciado.

En la santería y algunas otras prácticas mágico-religiosas afrocatólicas, la deidad más cercana a la persona se denomina "dueño de la cabeza". Durante la iniciación del individuo en una de estas prácticas mágico-religiosas se hace referencia a que el iniciado "da su cabeza" a la deidad. En muchos casos, cuando la iniciación es válida, de eso se trata. El iniciado recibe en su cabeza a la deidad, o al menos todo lo que pueda recibir de ella. De ese día en adelante, las acciones, pensamientos y creencias de la persona estarán en concordancia con la naturaleza de la deidad. Por lo tanto, el iniciado quizá presente un cambio de carácter después de la iniciación, su naturaleza se vuelve más uniforme, según la personalidad de la deidad que recibió.

Además, la deidad del iniciado puede decidir utilizarlo como médium para comunicarse o trabajar a través de él en la Tierra. Por lo general, la deidad hace contacto con la gente que los "transmite" por medio de la primera y segunda vértebra cervical, que se localizan en la nuca, justo abajo del cráneo. A veces nos referimos a éste como el lugar donde la deidad toma posesión de su hijo. Este punto, el trono de la deidad, es el que más se afecta cuando ésta "se monta en el caballo" o toma posesión del iniciado (como médium en trance), o sea, el hijo de la deidad.

Existen dos sistemas mágico-religiosos muy conocidos en Estados Unidos: el vudú haitiano o práctica vudú, originario de Fon, Rada, y del pueblo dahomey, de África, y la santería cubana, que proviene del pueblo yoruba, de Nigeria. Los orígenes de todas las prácticas mágico-religiosas africanas cambiaron mucho en América. Tales cambios son el resultado del contacto de las religiones tribales originales de África con la religión católica romana. Además, los sacerdotes de las religiones africanas aprendieron de las diversas prácticas mágicas y religiosas de los indios americanos que conocieron en el Nuevo Mundo, así como de los ocultistas europeos que llegaron como colonizadores.

El shamanismo amerindio también es un sistema mágico-religioso. Los curanderos indios y los guerreros espirituales que describe Carlos Castaneda, son practicantes de sistemas mágico-religiosos. Trabajan por medio de, y con, las fuerzas poderosas del universo de la misma manera que un sacerdote santero o vudú. Los caminos son similares, aunque las grandes diferencias culturales hacen que las personas ajenas los consideren diferentes.

Las prácticas de vudú haitiano fueron la base de muchas de las supersticiones que impregnaron a la cultura afroamericana desde la época de la esclavitud hasta nuestros días. Aunque la mayor parte de la comunidad negra de Estados Unidos ya no las acepta, estas supersticiones siguen ejerciendo influencia en la cultura afroamericana por lo menos hasta cierto grado. Debido a que las prácticas vudú tienen su origen en una comunidad agrícola de África, y como la mayoría de los dueños de esclavos que vivían en el área de lo que hoy es Estados Unidos mantuvo al sacerdocio negro en un estado de total subyugación, las prácticas originales de muchas religiones tribales de África se perdieron en Estados Unidos; sólo las supersticiones prevalecen en la cultura negra estadounidense. Algunos miembros de la comunidad afroamericana se han esforzado por revivir las prácticas religiosas de África y aplicarlas a su cultura. Tendremos que esperar algunas generaciones para ver cuán exitoso resultará dicho esfuerzo.

En Cuba, el Caribe y Sudamérica, la Iglesia católica romana estableció leyes para los esclavos católicos. Por todos sus defectos dieron como resultado una política en contra de los esclavos, indios y negros, que estaba más orientada a conservar al menos la apariencia de una vida familiar y cultura nativa, que era más de lo que permitían las leyes para los esclavos menos religiosos de las colonias que después se convirtieron en Estados Unidos. Entre otras cosas, las leyes para los esclavos católicos fomentaban los cultos religiosos entre los negros. La Iglesia católica aceptó al sacerdocio de los negros nativos como portavoz de los esclavos, e incluso algunos sacerdotes de origen africano entraron a ella como diáconos, monjes y sacerdotes. Sin darse cuenta, la Iglesia católica ayudó a conservar vivas las prácticas religiosas nativas de África.

En muchas partes del área de habla hispana de Sudamérica nunca hubo persecuciones a los negros religiosos, mientras siguieran los cultos establecidos por los católicos romanos y dieran la apariencia de ser cristianos creyentes. Existen historias maravillosas sobre cómo las prácticas religiosas africanas se conservaron para la posteridad en muchos países de América del Sur. Con frecuencia esto se llevaba a cabo bajo la supervisión de, incluso con la indirecta complicidad de, los mismos sacerdotes de la Iglesia católica romana.

En Haití, la práctica religiosa del vudú, que fue la llamada de concentración que ayudó a los esclavos para que se independizaran de Francia, se desarrolló a un alto grado de sofisticación a pesar de la frecuente persecución por parte de la autoridad política y religiosa. El vudú es hoy día una práctica mágico-religiosa totalmente desarrollada e independiente. Tiene los atributos de cualquier otra religión, con todo y algunas partes de la autoridad eclesiástica clasificada.

En Cuba, la santería ha alcanzado el mismo lugar, igual que las prácticas religiosas de Macumba y Candomblé en Brasil y Centroamérica. Con la revolución cubana de Castro, el centro de la santería se trasladó de este país a las ciudades de Miami y Nueva York. La santería y su hermana, lucumí, están floreciendo en esos nuevos lugares. Ahora hay grupos grandes de fieles e iniciados con antecedentes españoles o africanos.

Como Estados Unidos es un crisol, podríamos pensar que allí encontraríamos gran variedad de sistemas mágico-religiosos que representan a culturas diferentes a la africana. De hecho, así es. La Secta de inmigrantes alemanes de Pensilvania, que se localiza en el condado Lancaster, en Pensilvania, es quizá el ejemplo más conocido. Esta práctica cristiana de magia tiene sus orígenes en Suecia, a 350 kilómetros al suroeste de Berlín. En Estados Unidos, el primer servicio de la Secta de inmigrantes alemanes de Pensilvania se llevó acabo en el crepúsculo del 24 de diciembre de 1694, a orillas del río Delaware, en Filadelfia. En algunas comunidades de la antigua parte rural de Holanda o Alemania, estos servicios, que marcan los solsticios con una fogata, se realizan en la actualidad.

Entre otras prácticas mágico-religiosas que se encuentran en Estados Unidos, está la práctica de la Strega italiana y las prácticas odinistas escandinavas. La primera viene de Italia y Sicilia, y la otra, hoy es más famosa en Islandia que en Escandinavia. Ambas prácticas tienen mucho en común y se han distorsionado por su contacto con las religiones estadounidenses más convencionales.

El satanismo cristiano, aunque no está tan extendido como lo hace creer la literatura popular, es otra práctica de la magia con deidades. Casi todos los cristianos buscan la salvación en el mundo prometido, un mundo o cielo que se les abrió gracias al sacrificio de Cristo. Los creyentes del satanismo cristiano cambian el mundo prometido por el poder material en la Tierra, lo cual hacen rindiendo formal o ritualmente su salvación como cristianos a Satanás, y prometiendo cumplir con la voluntad de éste y no de Cristo. En su culto, los satanistas practican ritos que se oponen a los conceptos teológicos del cristianismo. Lo hacen para demostrar su devoción a Satanás y su alejamiento de la salvación que Cristo prometió. Una mujer desnuda como altar para el culto y la copulación promiscua orgiástica con otros miembros del grupo, son los rituales anticristianos que practican los satanistas. Como los sacrificios de animales no son parte de la cristiandad, un verdadero satanista es indiferente a ellos.

Cuando la gente es nativa de un sistema mágico-religioso literalmente mama la religión. No existen subsiguientes inhibiciones o bloqueos que dificulten a sus naturalezas astrales la satisfacción de las metas por las que rezan. No dudan cuando hacen una petición a la deidad o esperan el cumplimiento de la misma. Conocen la naturaleza del panteón y de las diversas deidades en su primera infancia y aceptan los dogmas de la religión con la incondicional aceptación de un niño. Sus mentes consciente e inconsciente concuerdan con todas las cosas relacionadas con la práctica de la religión.

Conforme el individuo se vuelve adulto, cuenta con muchos ejemplos de la eficacia de la práctica religiosa que se le inculcó. Aprenderá con conocimientos seguros y ciertos, por poner un ejemplo, que si coloca cinco flores rojas ante la imagen de la deidad que rige los dolores de cabeza, el suyo desaparecerá. Le serán familiares los rituales y las prácticas de la religión, y aceptará el proceso de la magia como parte de la misma.

También aprenderá que no todos los procesos de la magia con deidades son sencillos. Entenderá que peticiones más complejas requieren ofrendas más complejas. En algunos casos, éstas las harán los sacerdotes de la deidad a la que se le hace la petición. Sabrá que algunas ofrendas no son aceptadas cuando las hace un fiel común y corriente.

En algunos casos, la gente que desea hacer una ofrenda quizá no está segura de que la deidad vea con favor su petición. Sabe que a veces responde de manera favorable a las peticiones de los fieles, mientras que en otras no las cumple. Existe el peligro de la incertidumbre, según el favor que se pida. No existe sociedad ni cultura en las que los procedimientos mágicos sean infalibles.

Debido a que existe el elemento de la posibilidad cuando se hace una petición importante, debe haber una manera de saber si una deidad en particular cumplirá la petición del creyente. A través del proceso de adivinación se revelan los deseos de la divinidad. El adivinador o sacerdote conoce, por medio de la adivinación, la voluntad del dios antes de que se haga la petición. Generalmente, el sacerdote realiza el proceso cuando se trata de peticiones más generales; mientras que en el caso de iniciaciones y de importantes peticiones específicas, se consulta al adivinador profesional.

En algunos casos, las ofrendas que pide la deidad son reveladas a través de la adivinación. Ciertas prácticas mágico-religiosas cuentan con un sistema de ofrendas y adivinaciones tan regularizado que hasta lo han publicado.

En otros sistemas, el adivinador tienen que ser un sacerdote iniciado de la deidad del "oráculo" o de la divinidad del "destino". Por lo general, el adivinador tiene gran influencia en el organismo del sacerdocio en la religión. El trabajo del sacerdote-adivinador consiste en memorizar muchas adivinaciones, cada una de las cuales se aplica a casos específicos y con ofrendas determinadas para las diferentes deidades.

La ofrenda para la deidad puede considerarse como el pago por el trabajo que va a hacer. En muchos sistemas mágico-religiosos, es necesaria una ofrenda por cada petición hecha. Las cinco flores rojas que mencioné como ejemplo en líneas anteriores, eran la ofrenda común que se hacía para que se aliviara el dolor de cabeza del peticionario.

A los ojos del fiel, el proceso de adivinación por diagnóstico y propiciación a través de ofrendas y plegarias, es un sistema casi infalible para controlar las variables de la vida. Si un verdadero fiel, que es nativo de la cultura, sigue ese procedimiento su fuerza astral actúa favorablemente en las peticiones que haga.

En muchas prácticas mágico-religiosas, el trabajo del sacerdote y el del adivinador están separados; a éste se le consulta sólo cuando se trata de asuntos más importantes de la vida del fiel. Las consultas con el adivinador no requieren de ofrendas para la divinidad. En algunos casos, no tienen otro propósito que el de lograr una guía general.

Los sistemas como éste, los más comunes en las prácticas mágico-religiosas, cuentan con un elemento de garantía. No hay motivo para que el peticionario sienta que sus peticiones no serán escuchadas. Las inhibiciones mentales en contra de la aplicación de la fuerza astral se eliminan con el proceso de adivinación y ofrenda.

Estos sistemas mágico-religiosos son eficaces para sus fieles. Su eficacia al dar a los creyentes lo que desean, en términos de sanación del cuerpo y consejos para la vida, los vuelve muy atractivos para quienes no nacieron en esas prácticas. Las religiones convencionales condenan a estas prácticas mágico-religiosas por el éxito que tienen y no porque no sirvan a sus fieles. Esto hace que la práctica mágico-religiosa amenace a las religiones convencionales.

Las prácticas mágico-religiosas prometen cosas a los fieles que la religión convencional no. Primero, en la mayoría de las prácticas más conocidas el fiel puede convertirse en sacerdote o sacerdotisa sin la necesidad de someterse a un largo proceso de educación intelectual. En muchos sistemas, lo único que se requiere es un entrenamiento básico y una iniciación; aunque ésta es cara, no lo es sin razón. Cuando una persona se vuelve sacerdote de la religión, alcanza una posición en la comunidad que sería difícil obtener de otra manera. Además, por lo general existe la posibilidad de ganar un pequeño ingreso como sacerdote.

Segundo, el miembro de una religión, y siendo más específicos un sacerdote, siente que posee poderes ocultos, secretos y verdades que no están al alcance de la gente común y corriente. Los festivales de la religión ponen gráficamente al fiel en contacto con otro mundo. Que se dirija a ti un médium posesionado por una deidad, es una experiencia que incluso el racionalista más insensibilizado no puede olvidar. Asistir a un festival mágico-religioso es, incluso para la persona que no sea miembro de la religión, un suceso que te cambia la vida.

Es difícil para la gente de la comunidad no ver a los sacerdotes de una deidad como gente diferente al vulgo. Con frecuencia, los sacerdotes asignan tareas a los fieles comunes y corrientes para que resuelvan sus problemas, lo que les hace sentir que participan en un acto de magia, si es que no desarrollan la capacidad para practicarla. Esto es cierto en algunos casos y en otros no, sin embargo la acción le da estatus al fiel.

La naturaleza participativa de las prácticas mágico-religiosas es muy atractiva para el fiel. En casi todas las prácticas, los festivales de veneración religiosa son más fiestas que ceremonias solemnes. Son divertidas reuniones sociales y los asistentes participan. Los festivales nunca son servicios solemnes o formales, y no se limitan a la predicación. En comunidades donde la mayoría realiza estas prácticas religiosas, se habla del último festival durante meses, y el siguiente siempre se anuncia con entusiasmo.

Las prácticas de magia con deidades en los "Harlem españoles" de nuestras grandes ciudades y en las áreas rurales de Puerto Rico y Haití, se entienden mejor cuando se explican de esta manera. Además de ser una práctica mágico-religiosa, estas religiones abarcan todas las áreas de la vida de la gente, que otra religión podría llenar. Además, el sacerdote ofrece consejo y soluciones para los problemas de la vida diaria, haciendo el papel de médico y psiquiatra de la comunidad.

En las prácticas mágico-religiosas más formales y con base en la comunidad, la magia con deidades se enseña a los sacerdotes potenciales uno a uno. Maestro y estudiantes inician una relación personas más íntima durante un periodo de tiempo. Esta clase de relación es como la que describe Carlos Castaneda en los libros que habla de *Don*

Juan, y la de Lynn V. Andrews *Mujer curandera*. La relación culmina cuando el maestro inicia a los estudiantes. En la iniciación real, el maestro básicamente concede a los alumnos el uso de la fuerza astral que —con la guía de él— desarrollaron en su interior.

La enseñanza de las complejidades de la práctica se basa en el sistema de creencias de la práctica mágico-religiosa. La tecnología de la práctica de magia también se enseña, algo que toma poco tiempo. Para la gente que nace dentro de la cultura, el entrenamiento pocas veces dura menos de dos años; no obstante, en otras prácticas dura hasta veinte años.

El entrenamiento es más directo en el caso de quienes el sistema de creencias de la práctica mágico-religiosa forma parte de su medio ambiente. El sistema natural de creencias se refuerza con la preparación detallada que los estudiantes reciben del sacerdote que funge como maestro. Aquí, el proceso de enseñanza es igual al proceso de entrenamiento religioso.

A pesar de que con frecuencias se hacen conversiones, hay pocas probabilidades de que se realicen conversiones exitosas de sistemas de creencias de religiones estadounidenses a prácticas mágico-religiosas afrocatólicas. Por lo general, estos actos producen confusiones mentales inconscientes en los conversos, produciendo la discrepancia de los sistemas de creencias. Las conversiones válidas sólo son posibles cuando existe una fuerte similitud entre las creencias básicas.

Un estadounidense hispano parlante de origen español que de nacimiento y educación era católico romano, tendrá algunos problemas para convertirse a un sistema mágico-religioso africano teniendo una fuerte base católica romana española, como la santería o lecumí del Caribe y las prácticas religiosas de Macumba y Candomblé de Centro y Sudamérica. Un bautista protestante estadounidense que viaja a África para iniciarse en una religión tribal, no podrá reconciliar las creencias de la infancia con lo que aprenderá en el proceso de conversión; por lo tanto, es poco probable que ésta sea eficaz. En este caso simplemente hay mucha discrepancias entre la práctica religiosa de la infancia y la recién aprendida práctica mágico-religiosa. Las diferencias forman un bloque de inhibiciones para que los conversos no puedan usar su fuerzas astral en los rituales de la nueva práctica. Esto significa que tendrán problemas para desarrollar la capacidad de hacer magia.

Para que las conversiones de una religión a otra sean eficaces, la mente de los conversos debe estar libre de impedimentos reales y aparentes respecto a la estructura de creencias de la religión a la que van a convertirse, lo que debe hacerse antes de que tenga lugar el proceso de conversión. La práctica de la nueva religión se aprende de la misma manera que un mago ceremonial la aprendería. Los ejercicios mentales que liberan a la mente de inhibiciones, culpas y miedos de todo tipo, preparan a los estudiantes para la imposición de una nueva estructura de creencias.

Idealmente, la nueva estructura de creencias, junto con las complejidades y detalles técnicos de la nueva religión, se aprenderán como herramienta. Así se convierte en uno de los muchos medios de acercarte a la realidad, y no en el único. No siempre es una tarea fácil para los conversos, pues es difícil olvidar la religión de la infancia y reemplazarla por una nueva. Siempre es más difícil aprender otra creencia religiosa porque incluye la interacción de las mentes consciente e inconsciente. Cuando la gente adopta un sistema metafísico nuevo, el proceso de aprendizaje sólo involucra a la mente consciente.

En casi todas las religiones, se cree que Dios y las deidades (si existen) tienen el poder de recompensar y castigar a la humanidad. Cambiarte a una práctica religiosa prohibida por la religión de la infancia provocará que "Dios" te castigue, utilizando tu propia mente inconsciente. En realidad, ese castigo anula el proceso de conversión.

Muchos sistemas mágico-religiosos prometen poder a los iniciados. Si obtienen dicho poder o no es otro asunto; aunque se logre el que sea siempre el nativo del individuo. La iniciación produce la concentración del poder astral del individuo, y da como resultado la capacidad de concentrarse. En realidad no se obtiene poder astral. En el caso de un converso, el poder se ve menguado por su incapacidad para aceptar por completo la nueva práctica religiosa debido a las diferencias sociales y culturales de los patrones de creencias previos. Este problema es particularmente importante cuando existe un conflicto mayor entre las creencias originales y las de la nueva práctica religiosa, por ejemplo la conversión de un protestante fundamentalista a una práctica mágico-religiosa afrocatólica.

Se requiere un gran entrenamiento mental para lograr una conversión exitosa a cualquier práctica mágico-religiosa. Por desgracia, muchos practicantes de las más conocidas prácticas mágico-religiosas no pueden guiar a los estudiantes a través de esa capacitación porque la mayoría es nativo del sistema y en su cultura no se requiere de tal entrenamiento mental.

Antes de que decidas que una rápida conversión a una práctica mágico-religiosa te dará el poder que siempre quisiste, toma en cuenta tales hechos. Antes de que consideres la conversión, date tiempo para analizarte e investigar tus razones. Cuando estés seguro de que quieres hacer la conversión, busca con ahínco un grupo que practique activamente en la manera que concuerde con la idea que tienes de esos grupos. No importa lo que hayas escuchado, cada "familia" de un grupo mágico-religioso es diferente, y las prácticas reales son tan diversas como las familias.

La práctica mágico-religiosa más conocida es la costumbre católico-romana de rezar a los santos. Si eres católico, ya llevas a cabo una práctica mágico-religiosa a la que ya puedes darle un buen uso cuando quieras. Compra libros que hablen de los atributos de los santos y haz una lista de los días de su fiesta. Después, todo lo que tienes que hacer es elegir a los santos con los que vas a trabajar, con base en sus atributos o regencias. Si llevas el nombre de un santo, o si hay alguno con el que tengas cierta unión, son buenos lugares para empezar.

Conocí a un joven de nombre Miguel Cristóbal; lo educaron como católico, pero se alejó de la iglesia porque creía que la misa ya no ejercía ningún poder. Después de dieciséis años de educación católica romana, inconscientemente estaba convencido del valor que la religión tenía en su vida, pero conscientemente quería desarrollarse convirtiéndose en mago. Le interesaba la santería y tuvo un encuentro con un santero, quien le dijo que lo invitaba a unirse a la religión como iniciado.

Sin embargo, en realidad era católico, así que empezó a dedicarle devociones diarias a los santos de quienes portaba el nombre, San Miguel y San Cristóbal. En los últimos años ha hecho muchas cosas buenas trabajando con dichos santos. Como ejemplo, después de que lo corrieron de su trabajo en un corporativo que redujo su nómina, le ofrecieron un mejor trabajo en lo que pensó era su último paseo en el elevador de la empresa que dejaba. Pidió en sus oraciones que si le tocaba recorte de personal, pudiera encontrar empleo de inmediato. San Cristóbal se aseguró de que obtuvieran un trabajo mejor que el que tenía.

Por otro lado, conozco un hombre con antecedentes judíos que encabeza una familia santera. Su conversión tuvo éxito, y fue eficaz, y es considerado uno de los sacerdotes santeros más importantes del área. Los miembros iniciados de su familia tienen antecedentes religiosos y a todos les va muy bien practicando la santería.

Capítulo 7

Comunicación íntima con los espíritus

Cuando el rey Saúl consultó a la mujer de Endor (1 Samuel 28:7-25), ella trabajaba con los espíritus de los muertos. Técnicamente, era nigromante, pues así se llaman las personas que trabajan con los espíritus de los muertos.

> 7 — *En esas circunstancias dijo Saúl a sus servidores: "Buscadme una mujer que evoque los espíritus de los muertos, para ir a verla y consultar por medio de ella". Sus servidores le dijeron: "En Endor hay una".*
>
> 8 — *Saúl se disfrazó poniéndose otra ropa, se fue acompañado de dos hombres, y por la noche llegaron a la casa de aquella mujer. Saúl le dijo: "Consulta al espíritu del que yo te diga".*
>
> 9 — *Pero la mujer le objetó: "Ya sabes lo que ha hecho Saúl, cómo ha echado de la tierra a los nigromantes y a los adivinos. ¿Por qué me tientas y me expones a la muerte?"* (1 Samuel 28:7-9)

El propósito de la consulta de Saúl era obtener información, no hacer magia. Conseguir información a través de los espíritus de los muertos y usarlos para practicar magia, entran en la categoría general de trabajar con los espíritus de los muertos, o necromancia. Es una forma de práctica mágica totalmente diferente a las que hemos explicado.

Trabajar con espíritus hace suponer que son accesibles, de alguna manera, para los vivos. También hace creer que tienen el suficiente interés en quienes siguen vivos para estar dispuestos a ayudarlos en su vida diaria. Hoy en día, ambas creencias son aceptadas por muchas culturas conocidas como primitivas. Por ejemplo, los antiguos celtas trataban así a los espíritus de sus muertos: invitaban a sus familiares difuntos a que participaran en la vida diaria de los miembros vivos. La veneración de los ancestros, que durante muchos siglos han practicado los chinos prerrevolucionarios, también es muy famosa.

En los primeros años de la cristiandad, se pedía a los miembros y amigos difuntos de la familia que rezaran por los vivos, como éstos lo hacían por ellos. Lo que era en especial cierto en el caso de familiares cercanos, a quienes se les pedía que oraran por el bienestar y la salvación de los que aún estaban vivos. Incluso en el funeral se les pedía que rezaran por los vivos, y la leyenda que aparece en muchas lápidas antiguas porta dicha petición. Simplemente era natural que los seres queridos recién fallecidos velaran por los vivos.

Las plegarias a los espíritus no son menos comunes que las de veneración, o las peticiones de ayuda y guía que se ofrecen a santos y mártires de la iglesia cristiana. En el caso de los ancestros inmediatos, es posible que sigan interesados en la vida de quienes conocieron cuando estaban vivos. El supuesto interés de los espíritus en los asuntos de los vivos, es una de las razones de por qué se reza o hacen ofrendas a los ancestros. Está práctica se encuentra en muchas sociedades en todo el mundo. En áreas más remotas, y entre las sociedades primitivas, es común rezar a los ancestros, e incluso venerarlos.

Rezar a los ancestros se parece a las prácticas de magia más formales. Con frecuencia, a éstos se les trata igual que a los miembros vivos de la familia. Hay culturas y sociedades en las que es más evidente que en otras. En algunas, las ofrendas a los ancestros se hacen todos los días en un santuario ubicado en la casa. A veces se les incluye en las discusiones familiares, igual que a los miembros vivos. A través de este interés de los vivos en los muertos, se le pide a los ancestros que ayuden a los miembros vivos de la familia para que mejoren su vida. A los muertos se les hacen peticiones específicas, y algunas culturas creen que los ancestros responden a ellas por medio de los sueños.

Para quienes trabajan con los espíritus de los muertos es más fácil hacerlo con los que se interesaban en ellos cuando estaban vivos. Es necesario conservar la relación amistosa entre el vivo y el muerto. Quizá por esto la veneración a los ancestros, o para ser más precisos, el recuerdo de los ancestros, está muy generalizada. Parece que tiene efectos benéficos en las familias que la practican.

La mujer de Endor no era un caso especial, pues mucha gente trabaja con espíritus para obtener información. En nuestra sociedad hay personas que usan la Ouija, encontramos médiums en trance en las iglesias espiritualistas, y muchos médiums de la "nueva era" producen cantidades ilimitadas de información "canalizada". Trabajar con espíritus, junto con estas líneas, es una forma respetable de ocultismo en Estados Unidos.

La mujer de Endor utilizó un artefacto más sofisticado que cualquier Ouija o trance espiritualista. Era un aparato que se había usado durante miles de años antes de que el rey Saúl tomara la funesta decisión de consultar a una mujer que invocara espíritus. Según el texto hebreo, Saúl ordenó a sus sirvientes que buscaran a una mujer que tuvieran un *oboth* u *ob*, que era la cabeza del oráculo. En una época, muchos años antes de que naciera el rey Saúl, la cabeza del oráculo se hacía con el cráneo tomado del cuerpo del rey "sagrado" que se sacrificaba en un ritual.

Las cabezas del oráculo siguen existiendo en muchas partes del mundo, de acuerdo con los requerimientos de las prácticas que aún se usan. En las prácticas de magia más modernas que trabajan con espíritus, la cabeza se reemplaza con otro instrumento parecido. El altar en el que los govi conservaban el espíritu de un muerto en la práctica vudú, y el caldero de hierro que usaban en la práctica palo, asociada a la santería, son instrumentos similares. En nuestra sociedad sería muy difícil tener una cabeza que hablara paseando por la casa. Una jarra tapada provoca preocupación en las visitas esporádicas.

Las cabezas del oráculo, y sus equivalentes modernos, se hacen de acuerdo con las estrictas pero secretas reglas. Se demuestra que no hay razones reales para el secreto cuando descubrimos que las reglas específicas varían mucho entre las diferentes prácticas. Las cabezas siempre se hacen con el cráneo limpio y las primeras dos vértebras (atlas y axis) de la persona muerta. El cráneo se llena con una variedad de cosas, por lo general hierbas y otros ingredientes, mientras que la parte externa se modela con arcilla para que se parezca a la persona a la que le pertenecía. El cráneo se cubre con un mínimo de arcilla para que se parezca al ser vivo. La construcción física de la cabeza del oráculo es la misma en todas las prácticas que conozco. A menos que la cabeza la haga alguien que tenga talento artístico y mágico, es un poco macabra.

Las cabezas del oráculo, como el cazo de los palaro, se usan básicamente para comunicarse con los espíritus de los muertos. Su objetivo siempre es la comunicación y no la realización de magia. Los govi de la práctica vudú es muy parecida, en ella se utiliza para comunicarse con el ancestro que se dice "vive" en ella. No se recurre a estos instrumentos para practicar magia, para ello se necesitan otros artefactos.

En el libro 1 Samuel verso 28 versículo 9, el texto original hebreo la mujer de Endor le responde a Saúl: "Ya sabes lo que ha hecho Saúl, cómo ha echado de la tierra a quienes usan el Oboth y el Yiddeonim. El oboth es el instrumento que se usa para la adivinación y el yiddeonim para obtener la solución mágica deseada a través del trabajo de los espíritus. Aquí se sigue la fórmula mágica común que hemos visto operar en las diferentes prácticas mágico-religiosas. La palabra yiddeomin se tradujo como "adivinos" en la versión del rey Jaime de la Biblia. Como ambos instrumentos dejaron de usarse en el judaísmo oficial, y nunca formaron parte de la cristiandad, las personas que tradujeron el Antiguo Testamento del hebreo al griego en el año 100 a. C. no conocían el significado de esas palabras. Como en muchos pasajes de la Biblia, hicieron su mejor trabajo de traducción. Igual que el oboth, el yiddeonim es un objeto particular que se fabrica según la tradición cultural y mágica de la persona que lo hace.

En tiempos modernos, el yiddeonim es un cazo de hierro, o incluso un caldero grande con una variedad de materiales. También puede ser un cofre de madera, como una antigua caja de puros, con una colección de cosas. Su forma depende de la práctica de la persona que lo use. En la mayoría de las prácticas europeas, las cosas que hay en la caja son comunes y corrientes. Puede contener una fotografía del espíritu cuando estaba vivo, el anuncio de su muerte, o tarjetas donde se indican las misas dichas por el descanso del alma; así como pertenencias de la persona —su argolla de matrimonio, un rosario, o algo parecido.

No importa la forma física de los instrumentos, tienen un objetivo en el reino de los espíritus y en el físico. La cabeza funciona como la residencia en la Tierra del espíritu del oráculo, mientras que la caja, el caldero o la jarra que contienen los materiales asociados con el espíritu "trabajador" funcionan como instrumentos para que vuelva a casa. Incluso podríamos decir que es un faro para el mago y el espíritu que aquél usa en su trabajo. En los mundos físico y astral, el espíritu tiene un lugar para recibir instrucciones del mago y pedir su recompensa cuando haya hecho el trabajo.

En las prácticas palo y muyombrero asociadas a la santería, estos instrumentos son por lo general calderos de hierro que contienen diferentes materiales. Las ofrendas que se hacen a los espíritus por la exitosa realización del trabajo se colocan en el caldero. Unos meses después de haber empezado a trabajar con el muerto, puede estar un poco "turgente" a causa de las ofrendas de comida ya en descomposición, los sacrificios y otras cosas que se le agregaron.

Si el mago trabaja con un solo espíritu, el foco puede ser su símbolo. Por ejemplo, pueden usarse una muñeca o una estatua con ese objetivo. En Egipto, las estatuas tenían pequeños agujeros para que pudieran guardarse en ellas ingredientes mágicos secretos. El mago que trabaja con muchos espíritus puede usar muchas muñecas, cada una dedicada a un espíritu.

El uso de muñecas preparadas específicamente tiene lugar hoy en día en África, Jamaica y Brasil. La composición exacta del foco, el yiddeonim, igual que la del oboth, es el secreto de la práctica en la que opera el mago. En algunos casos, el secreto de su fabricación está tan bien guardado, que sólo ciertos líderes de la práctica tienen permiso para hacer artículos que usen los practicantes comunes y corrientes.

Si comparamos la práctica de trabajar con espíritus con la de los médiums, como la conoce nuestra sociedad moderna, podemos decir que la Ouija es la sustituta del oboth o cabeza del oráculo. Ambos son instrumentos que se utilizan para obtener información de los muertos. Si la gente que usa la Ouija trabaja con un espíritu bueno, consiguen información precisa. Lo mismo sucede con las personas que usan la cabeza del oráculo, u otro elemento para que el espíritu le dé información.

La práctica de los médiums, cuando a un individuo lo poseen espíritus o deidades, es un poco diferente. En el caso del movimiento espiritista de América del Sur, los médiums han hecho sanaciones estando en trance espiritualista. En lo que respecta a los médiums espiritistas, la información y la magia provienen de la misma fuente. Sin embargo, la magia que se hace en sesiones espiritistas siempre está limitada a los estados físicos de la gente que se trata.

El movimiento espiritista es una práctica mágico-religiosa por lo menos hasta este punto, aunque nunca he identificado un panteón de deidades en la práctica. Algunos espíritus aparecen en muchos de los grupos espiritistas, y otros sólo son exclusivos de cada grupo. Los médiums de los grupos espiritistas casi siempre son personas dedicadas y honestas. Hay un par de clases de médiums que podrías conocer en las iglesias espiritualistas y sus campamentos de verano.

La tradición shamanista de los médiums que comunican a espíritus y deidades, se encuentra en muchas prácticas mágico-religiosas. Ésta es una de las características más reconocidas de la santería y el vudú. Cuando al médium lo posee la deidad, realiza hazañas que no sólo sorprenden y dejan perplejos a los espectadores, sino que podrían considerarse milagros en toda la extensión de la palabra.

Una vez más, podría considerarse que se trabaja con los espíritus de los muertos, pero en realidad es parte de la creencia de la práctica mágico-religiosa. Se cree que se trabaja con espíritus porque las prácticas mágico-religiosas piensan que el poder de sus deidades proviene de los espíritus de quienes fueron sacerdotes o sacerdotisas de la divinidad cuando estaban vivos. En algunas prácticas mágico-religiosas, la iniciación significa que se "da la cabeza" a la deidad a la que se inicia la persona. De hecho, eso sucede en una iniciación válida, el individuo se entrega a la divinidad.

Cabe mencionar que en el reino de los médiums existen muchos grados y niveles; algunos hacen un trabajo mucho mejor al "pasar al espíritu" que otros. También hay varios tipos de médiums; unos son instrumentos para producir efectos físicos, otros sólo bailan cuando están en trance. Algunos más permiten que la deidad se comunique directamente con la gente, quien los consulta haciéndoles preguntas y escuchando su consejo cuando el médium está en trance.

Hay un gran número de médiums falsos que aprenden muy bien a fingir un trance, parece que transmiten los mensajes de los muertos a su crédulo público. Al jugar con la compasión de la gente, estos llamados médiums le han dado una mala reputación al espiritismo y a los médiums. En Inglaterra y Estados Unidos existen "Sociedades de Investigación Física" que se especializan en investigar y exponer a la luz pública a los médiums defraudadores.

Los espíritus de los muertos no saben más que cuando estaban vivos. No nos volvemos más sabios con sólo atravesar por el proceso de la muerte. Los muertos tienen las mismas creencias y prejuicios que cuando vivían. El único cambio que la muerte produce a los espíritus es en su perspectiva. Incluso el muerto más escéptico creerá en la vida después de la muerte.

Los espíritus pueden viajar por la ciudad o lugar de campo sin que los vea la gente. Muchos espíritus tienen capacidad para ver el futuro, pero sólo en la cadena de probabilidades. Cuánto pueden ver o con cuánta claridad, es asunto de cada uno. Algunos no son muy buenos viendo ni ven claramente, otros son unos verdaderos fanfarrones y juegan bromas a la gente que puede comunicarse con ellos y es crédula. Estas ilusas personas les atribuyen grandes poderes a los traviesos espíritus que juegan con ellas.

No basta con contactar a los espíritus, toma mucho tiempo descubrir si pueden brindarte información útil. Algunos no pueden hacerlo, pues no tienen la capacidad. Muchos espíritus tampoco hacen magia, mucho menos todas las cosas maravillosas que te dicen que pueden hacer cuando te comunicas con ellos. Trabajar con los muertos, igual que los demás tipos de magia, puede ser peligroso. La magia siempre pide discriminación, que separes lo "que eres" de lo que "deseas ser". Ningún camino es fácil para practicar magia.

Primero debes desarrollar la capacidad para hablar con los muertos antes de que trabajes con ellos. Si no lo haces, no progresarás en esta clase de magia. Como en el caso de cualquier estudio serio de ocultismo, el de la necromancia requiere que estudies con un maestro que trabaje con los muertos. La magia que se lleva a cabo a través de espíritus (necromancia) es una forma de magia muy poderosa que vale mucho la pena, si tienes la capacidad. Si tus tendencias, pensamientos y sentimientos, son un poco mórbidos para la gente, quizá tengas un don natural para este tipo de práctica de magia. Si es el caso, tal vez descubras que será mucho más fácil practicarla que la magia ceremonial. También te darás cuenta de que la necromancia es mucho más poderosa en el caso del trabajo práctico.

La gente que desea empezar a trabajar con sus ancestros, puede seguir el programa que describo más adelante. Verás que tendrás respuesta de ellos, pero quizá también que no la haya. No busques que sea verbal, pues tal vez lo único que tengas sea un cambio favorable en tu vida. Asimismo es muy probable que no tengas respuesta.

Si te apegas al programa que presento más adelante, descubrirás los beneficios en ti y en los sucesos de tu vida. Ser amable con los espíritus de tus ancestros es lo mejor que puedes hacer. Por eso muchas culturas tienen una práctica similar.

Primero: Haz una lista lo más detallada posible de tus antepasados. Aprende todo lo que puedas de ellos e investiga cómo estaban conectados con lazos de amistad e intereses en común. Elige uno o dos ancestros, de esa lista, de quienes tengas, o puedas conseguir, fotos. Con ellos vas a trabajar.

Segundo: Por lo menos cada semana tendrás que prenderles una vela a cada uno, puedes usar las de cumpleaños, y pedirles que te asistan y guíen en la vida. Después de hacerlo, coloca un vaso de agua fría frente a cada foto, uno para cada una, y agradéceles su ayuda.

Tercero: Hazlo cada semana por lo menos durante seis meses, por lo general es el tiempo que tardas en empezar a hacer verdadero contacto. Mientras tanto, si crees que escuchas que tus antepasados te hablan, no les contestes. Sigue haciendo las ofrendas, pidiéndoles que te ayuden y guíen en la vida y agradeciéndoles la asistencia y guía que te brindan.

La razón por la que debes evitar hablarles es que las voces que escuchas pueden ser de espíritus traviesos y no la de tus antepasados. A pesar de que creas que conoces la diferencia, no es verdad. Nada más ignora las voces y sigue con las ofrendas.

Después de un año quizá descubras que esos espíritus empiezan a darte buenas inspiraciones. La prueba de ellos es que ahora tu vida es más tranquila, con menos traumas. Si es así, continúa con las ofrendas semanales. Si no, hazlas con menos frecuencia o deja de hacerlas.

Capítulo 8

Cómo aprender proyección astral

La proyección astral es una técnica que usan los magos que trabajan con prácticas de magia, pero no es una de éstas. Lo que sí es seguro es que se trata de una de las técnicas más útiles a disposición de los magos. Una vez que dominan la verdadera proyección astral, no hay barreras de espacio que eviten que conozcan lo que desean. La proyección astral no es un medio de adivinación, no describe el futuro. Es una técnica que permite conocer el presente a quienes la emplean.

La proyección astral, conocida por algunos autores como proyección etérea, es una técnica en la que se usa la forma astral (o cuerpo astral) para explorar los mundos físico y astral. Los magos que desarrollan su talento al grado máximo utilizan la proyección astral para hacer cambios en el mundo físico.

Por lo general, la proyección astral tiene lugar de manera espontánea en aquellos que pasan por la adolescencia. Este evento es tan impresionante para los jóvenes, que el sentimiento de miedo que experimentan es suficiente para inhibir la facultad indefinidamente. No obstante, si la primera proyección astral tiene éxito y se estimula, la habilidad se desarrolla y se usa más adelante.

La proyección astral se basa en el concepto de que los seres humanos tienen muchos cuerpos no físicos. El físico, según este punto de vista, es el más denso y el menos sutil de los cuerpos. El astral es el que sigue del físico y se cree que es menos denso y más sutil que ése. El cuerpo mental es más sutil que el físico, mientras que el espiritual es el menos denso y el más sutil de todos ellos. La teoría de la proyección astral dice que la gente puede separar el cuerpo astral y parte de la conciencia mental del cuerpo físico. Se cree que cuando esto ocurre, las personas siguen conectadas a su cuerpo físico, pues sólo una parte del cuerpo astral se separa de aquél. Todas las escuelas dan detalles diferentes en sus explicaciones respecto a las muchas dudas que rodean a este proceso no físico.

Existen muchas organizaciones que intentan enseñar proyección astral a sus alumnos, y tienen un grado variable de éxito. Eckankar,* una de estas escuelas, dice que es un grupo espiritual muy antiguo. De vez en cuando logra que algunos de sus estudiantes desarrollen la capacidad básica para proyectarse astralmente. Estas organizaciones cuentan con mucho material escrito que está disponible para los miembros de los grupos.

Igual que cualquier arte arcano, es mejor que la proyección astral la enseñe de manera individual un maestro que la domine. Ya antes mencioné que no todas las personas pueden proyectarse astralmente. En muchos casos, el arte se transmite de manera muy limitada; por ejemplo,

---

*Nota de la traductora: En 1965, el estadounidense Paul Twitchell presentó a Eckankar como religión moderna. El karma y la reencarnación son dos creencias básicas en esta religión, la cual enseña ejercicios espirituales para entrar a estados de conciencia más elevados.

los alumnos aprenden a proyectar sus cuerpos astrales sólo en su habitación.

Debido al obvio valor de la proyección astral porque explora los reinos no físicos del ser, algunas personas que no dominan el arte la han adoptado como técnica. La gente que "explora el astral" pero que no conoce los reinos de la tierra tiene el vicio de crear ilusiones y fantasías. Es muy posible que proyecten una fantasía de sus "experiencias astrales", e incluso que involucren a muchas personas en ellas. La diferencia entre proyección astral y fantasía es que con la primera pueden obtenerse resultados concretos, igual que con otros tipos de magia. Quienes enseñan el arte insisten en que los resultados se manifiesten en lo material, antes de que se permita a los estudiantes entrar a cualquiera de los reinos "astrales". Sólo después de que demuestran que están listos, trabajan con la exploración astral.

Una vez que los alumnos pueden abandonar sus cuerpos físicos y navegan con el cuerpo astral en el ambiente inmediato, se les enseñan métodos para viajar aumentando las distancias en la Tierra. También deben dominar el proceso de regresar con éxito al cuerpo físico. Cuando saben bien estos pasos básicos, empiezan a practicar el control de objetos físicos con su forma astral. El primer ejercicio es relativamente simple, como tirar un naipe al piso desde el borde de la mesa. Cuando se perfecciona este ejercicio, la complejidad de los demás aumenta poco a poco, y es necesario que el alumno domine un ejercicio para que se le asigne otro.

Con el tiempo, los mejores estudiantes podrán mover pesos hasta de siete kilogramos (una libra), o la tercera parte de su peso corporal, usando la forma astral. Cuando pueden hacerlo de manera sistemática, están listos para empezar a aprender el proceso de hacer magia con el cuerpo astral.

Cuando los jóvenes se proyectan de forma espontánea en la pubertad, por lo general les interesa tener o ver sexo, mientras el proyector viaja en el reino físico. Ésta es una práctica negativa porque se desperdicia energía. También puede generar el uso directo de la facultad de proyectarse astralmente para producir fantasías e ilusiones. El sexo astral debe evitarse por razones de estabilidad emocional, y por cuestiones de moralidad.

Cuando la gente practica el sexo astral, cree que su pareja astral está consciente y sabe del encuentro. Esto no sólo es mentira, sino que el encuentro astral puede ser impresionante para la supuesta pareja. En algunos casos, ésta puede saber del encuentro sexual astral al nivel del inconsciente profundo. Lo que hace, ya que el registro no está en la mente consciente, que la persona reaccione negativamente hacia el individuo que conserva el recuerdo consciente del suceso astral.

Una vez que los estudiantes dominan la capacidad de mover pesos grandes con el cuerpo astral, se les asegura que pueden hacer cosas en los reinos astrales que tendrán un resultado físico real. Lo cual se demuestra al manipular elementos que están en una habitación cerrada con llave a cierta distancia de los estudiantes que se proyectan. Los siguientes alumnos empiezan por dejar mensajes escritos a los maestros en un lugar físico cerrado con llave. Éstos asignan tareas similares, y mucho más complejas, conforme los estudiantes dominan esas simples acciones.

Si su capacidad para proyectarse astralmente está bien desarrollada, los individuos pueden llevar a cabo todo lo que harían si estuvieran presentes físicamente en la habitación donde se realiza la tarea. La acción básica de la proyección astral es la invisibilidad aparente de la persona que hace los trabajos.

Cuando los reinos de la tierra se exploran de manera adecuada, los alumnos pueden proceder poco a poco al conocimiento de los reinos astrales. Al dedicarle tanto tiempo a la exploración del mundo terrestre, aprenden a proyectar gran parte del "yo" en el cuerpo astral. Además, confían mucho en su capacidad para interactuar con cualquier cosa con la que pudieran encontrarse.

Se ha escrito mucha basura sobre la exploración de los reinos astrales, y mi intención no es ser parte de ella. Los reinos astrales son muy diferentes al de la Tierra y hay que aprender nuevas reglas y referencias para moverse en ellos. Con la capacidad para proyectarse en la Tierra, los alumnos se aprenderán la mayoría de las reglas de manera relativamente sencilla. Los reinos astrales no son tan bonitos ni tan horribles como los describe la literatura.

La proyección de la conciencia humana forma una buena parte de la proyección del cuerpo astral. A menos que se proyecte más de lo consciente, poco se logra con la proyección. Es mucho más fácil que desarrolles tu capacidad de fantasear y crear ilusiones que la habilidad para proyectarte conscientemente. En los reinos de la fantasía y las ilusiones ves lo que quieres ver, aunque el deseo se origine en tu mente consciente o inconsciente.

Cuando la gente proyecta su cuerpo astral de manera consciente en los reinos astrales, aprende que las cosas no siempre funcionan de acuerdo con sus deseos. Además, ve cosas que no desea. En muchos casos, la proyección astral destruye creencias y opiniones que guardaban ingenuamente. Se requiere cierto estado del ser, mental y emocional, para lograr la meta de entrar a los reinos astrales, ya allí el trabajo es menos.

Entrar de manera astral al mundo físico también te ofrece una nueva visión del mundo. Cuando llegas a los mundos astrales, las preocupaciones, las creencias y las suposiciones actúan como barreras para evitar que sepas cosas que aún no estás listo para aprender. En el cuerpo astral, es difícil crearse fantasías e ilusiones respecto al mundo físico. Tales barreras no existen en los reinos astrales, donde los pensamientos crean la realidad con base en los deseos conscientes e inconscientes.

La trampa de entrar a los reinos astrales sin que estés preparado se parece a las experiencias provocadas por las drogas, de las que se informa en revistas de sicología y en la prensa común y corriente. La diferencia entre los "viajes buenos" y los "viajes malos" es la misma que las diferencias en la realidad astral del individuo cuando se droga. En el entrenamiento para practicar magia, se hace referencia a la experiencia astral provocada por las drogas sólo para explicar la semejanza de los peligros que corren los que no están preparados para proyectarse en los reinos astrales.

Antes de que los alumnos entren a los reinos astrales, deben ser capaces de proteger gran parte de su fuerza astral controlándola conscientemente, lo que siempre requiere una mente limpia y concentrada. La gente que se proyecta también debe usar sus órganos sensoriales en el nivel astral. Así como los bebés no saben usar sus órganos sensoriales cuando nacen, los alumnos tienen que aprender a operar en este nuevo ambiente no físico. La manera más sencilla de lograrlo es aprender a operar en la forma astral dentro del conocido ambiente de la Tierra.

Los estudiantes deben saber proyectar gran parte de "sí mismos" cuando abandonan la esfera de la Tierra para visitar el astral. Si sólo proyectan la mente, nada podrán hacer en los reinos astrales más que producir fantasías. Las ilusiones son las constantes compañeras de quienes desean trabajar en las esferas astrales. Siempre es necesario que los ejercicios se hagan paso por paso, con un maestro que sepa guiar a los alumnos.

Poder proyectarte astralmente no te abre un vasto campo de esplendores, simplemente hace posible que conozcas más sobre las fuerzas que influyen en la Tierra. Deberás tener mucha experiencia en la proyección a los reinos astrales antes de que empieces a influir o controlar esas poderosas fuerzas. Como en todo lo demás, es más transpiración que inspiración. La proyección astral es una técnica muy útil, pero poca gente puede hacerla y no es fácil.

Aprende a proyectar tu cuerpo astral

Una vez que relajes tu cuerpo físico por completo y domines los ejercicios que se recomiendan en el capítulo "Cómo prepararte para practicar magia", puedes tratar de proyectar tu cuerpo astral. Es muy importante que no te decepciones si no lo logras de inmediato. Mucha gente no tiene éxito en el primer intento consciente. Si es tu caso, sigue intentándolo.

Si quieres proyectarte astralmente, empieza relajando tu cuerpo físico por completo. El mejor lugar para el primer intento de proyección astral es tu habitación. Cierra la puerta con llave. Para proyectarte siempre debes relajarte en un lugar donde no vayan a molestarte. Cuando tu cuerpo esté totalmente relajado, concéntrate en sentarte en la cama. Siente cómo te sientas, como si lo hicieras con tu cuerpo físico, pero no permitas que éste se mueva.

Cuando creas que te sentaste, abre los ojos sin mover los físicos. Sólo haz el mismo esfuerzo de manera no física. Quizá veas los pies de tu cuerpo físico, tal vez no. Si sí, es porque proyectaste astralmente con éxito por lo menos una parte de ti. Si no pudiste, relájate más e inténtalo otra vez. No te des por vencido, algunas personas lo intentan muchas veces antes de conseguirlo.

Ahora viene la parte difícil. Recuesta tu cuerpo físico y relájalo todavía más, y después vuelve a proyectarte sentándote. Hazlo muchas veces. Mantén los ojos astrales abiertos cuando lo hagas, pero los físicos déjalos cerrados. Lo que intentas es controlar la proyección sentándote, nada más. Cuando tengas éxito en muchos intentos, será suficiente por ese día.

Al día siguiente repite el mismo ejercicio más veces. Además de la proyección sentándote, ahora ve cómo se proyectan tus manos y brazos con el tronco, mueve los dedos del cuerpo astral. Cuando te sientes astralmente, trabaja para controlar el arte de la proyección astral. Igual que un niño que no sabe hablar bien, no esperes lograr de inmediato la proyección. Al principio tendrás igual número de éxitos que de fracasos, pero insiste para sustituir las fallas con aciertos constantes. Sólo cuando tu cuerpo astral se siente de manera sistemática podrás controlar el arte de la proyección en el plano físico.

Si logras sentarte, verte las manos y los brazos, y flexionar los dedos, estarás listo para abandonar tu cuerpo por completo. Para hacerlo, mueve el cuerpo astral hacia un lado de la cama, como si físicamente fueras a levantarte. Pon los pies en el piso con firmeza, y recuerda que en este momento no es sólido. Levántate y camina por tu habitación, después regresa a tu cuerpo y repite esta simple acción. Debes perfeccionar la capacidad para entrar y salir de tu cuerpo físico antes de seguir adelante.

Cuando controles este arte, sigue caminando por la habitación haciendo que el cuerpo astral entre a los armarios y demás antes de que intentes abandonar tu segura recámara. Tienes que controlar estas cosas porque todas requieren concentración y mente despejada. Es mucho mejor que lo hagas en tu habitación, solo, y no que te distraigan los ruidos y suspiros de los demás mientras aprendes a controlar tu cuerpo astral.

Antes usé el ejemplo del niño que no sabe caminar. Es un buen ejemplo porque estás en la misma situación que una criatura que aprende a caminar. Tu conocido ambiente ahora es extraño y desconocido, pues no tienes el cuerpo físico que dominas muy bien. Estás en tu cuerpo astral, que tiene características diferentes y otros requerimientos en cuanto al movimiento y el control. Te tardarás por lo menos unas semanas para poder caminar por la habitación sin caerte al piso o llegar al techo.

Si estás listo para abandonar tu recámara, atraviesa la puerta. Recomiendo que uses muchas de las siguientes sesiones de proyección para explorar tu casa. Podrás verla de otra manera, y así realmente lograrás controlar el arte de viajar con tu cuerpo físico en el plano físico si te tomas la molestia de reconocer tu casa cuando te proyectes. Cuando estés seguro de que puedes navegar por la casa con tu cuerpo astral, úsalo para empezar a explorar el área donde vives.

Sugiero que te limites a trabajar en el universo físico cuando controles la proyección astral. Descubrirás que al pensar en un lugar donde has estado, tu cuerpo astral viajará a él de manera casi instantánea. Esto te dejará muchas experiencias interesantes que disfrutarás. Tratar de viajar a otra parte, como los reinos astrales, puede resultar un mal viaje, así que no te lo recomiendo.

Cómo mover objetos con la mente

Ubico esta información en esta parte del texto porque el tema se menciona en el presente capítulo. Quizá esto no le parezca obvio al lector ocasional, pero primero tienes que aprender a mover objetos con la mente cuando estás en tu cuerpo físico antes de empezar a hacerlo cuando estés proyectado fuera de él. Este arte, conocido como *telequinesia*, requiere concentración mental y fuerza de voluntad. Sugiero que primero controles los ejercicios de concentración mencionados con anterioridad antes de que intentes aprender este arte más complicado.

Existen tres ejercicios clásicos para dominar la telequinesia. A todos los considero igual de eficaces, pero prefiero uno, el primero que me enseñaron mis maestros. Te daré los tres, y descubrirás que cuando tengas éxito con uno, dominarás los otros dos sin ningún problema. Deberás controlar todos antes de intentar usar el arte cuando te proyectes fuera de tu cuerpo.

En el primero tienes que usar un pedazo de hilo y una pesa pequeña, un sedal de plomo está bien, sólo tiene que pesar un gramo (una fracción de onza). La pesa se colocará en la punta de un pedazo de hilo para coser, el otro extremo estará amarrado a algo que sirva de apoyo para que el peso cuelgue a 2.5 cm (una pulgada) sobre una mesa.

Ahora, siéntate en una silla cómoda junto a la mesa y centra tu atención en la pesa. Harás que ésta se mueva de atrás hacia adelante, de derecha a izquierda. Puedes poner una hoja de papel como barrera alrededor del hilo y la pesa, para que el aire no los mueva. Relájate y mentalmente "haz" que la pesa se mueva, sin ningún esfuerzo emocional y sin ataduras metales o físicas.

Quizá tengas éxito en el primer intento, tal vez no. Pero si continúas trabajando con eso, es posible que en una semana logres que la pesa se mueva. Entre más concentres la atención y enfoques tu voluntad en el peso, mejor lo lograrás.

Una vez que la pesa se mueva cuando lo deseas, después de intentarlo tres o cuatro días seguidos, estarás listo para seguir adelante. Coloca una hoja de papel debajo de la pesa y marca el tamaño de la circunferencia del movimiento. Ahora, lo aumentarás de quizá 1.25 cm (media pulgada) a cada lado del centro a 6.5 cm (dos pulgadas y media). Cuando obtengas el movimiento más grande, puedes seguir adelante. Haz que la pesa se mueva y cuando lo haga, haz que se detenga. Después de algunos intentos verás que también podrás hacerlo.

El siguiente paso es hacer que la pesa gire en círculos. Haz que se mueva en el sentido de las manecillas del reloj y después al contrario. Por último, haz que gire en el sentido de las manecillas del reloj y que se detenga, después de atrás hacia delante y que se detenga, luego a la derecha e izquierda y en sentido opuesto a las manecillas del reloj. Cuando domines este ejercicio, puedes practicar los otros dos. Después de controlar los tres, intenta tirar al piso un naipe equilibrado colocado en el tocador cuando estés fuera de tu cuerpo. Te costará un poco de trabajo, pero podrás hacerlo.

El segundo ejercicio clásico de telequinesia es el que Elena Petrovna Blavatsky, fundadora de la Sociedad Teosófica,* usaba para entrenar a su sucesora, Annie Besant. Hay que hacer que una aguja de coser flote en la parte superior de un vaso lleno de agua, hoy en día para mucha gente esto no es un truco.

Con la aguja flotando en la superficie del agua, concentra tu atención en ella y haz que gire en la dirección que desees. Deberás lograr que se mueva de un lado a otro e incluso que gire alrededor del agua, lenta pero constantemente. Vi cómo una mujer formaba palabras con la aguja, usando su punta para señalar las letras del alfabeto que estaban pintadas en el vaso donde giraba. Por supuesto, ella controlaba el mensaje que daba la aguja, pero es muy impresionante para alguien que no entiende ni acepta que ésta se mueve a voluntad de la mujer.

En el tercer ejercicio hay que usar un objeto un poco más pesado. Tiene que ser un Tinkertoy (piezas de plástico para formar figuras), o hacerlo como lo describo. Toma una vara de 1 cm (¼ de pulgada) de ancho y de 20 cms (8 pulgadas) de largo. Coloca una pesa de 30 grs (una onza) en cada extremo y amárrala por el centro a una cuerda, y quedará suspendida en un lugar elevado, como el ejercicio

---

*Nota de la traductora: La Sociedad Teosófica se fundó el 17 de noviembre de 1875. Sus objetivos son: 1. Formar un núcleo de Fraternidad Universal de la Humanidad, sin distinción de raza, credo, sexo, casta o color. 2. Fomentar el estudio comparado de la Religión, la Filosofía y la Ciencia. 3. Investigar las leyes inexploradas de la Naturaleza y los poderes latentes en el hombre.

del sedal. Puede ser en una mesa o en el lugar que quieras. Tu tarea es que hagas girar este artefacto, que se mueva de atrás hacia adelantes, es decir, que hagas lo mismo que en el primer ejercicio.

Una vez que domines este ejercicio físicamente, intenta hacerlo cuando estés proyectado fuera de tu cuerpo. Si lo logras, descubrirás que estás listo para empezar a trabajar con objetos pequeños estando proyectado. Empieza tirando al piso naipes balanceados en el tocador, y continúa moviendo canicas en la mesa. Coloca unas canicas en un molde poco profundo y haz que se muevan de un lado a otro. Aunque esto no parezca un gran logro en el plano físico, es muy difícil hacerlo usando nada más la mente y la "voluntad" cuando estás fuera de tu cuerpo. No obstante, cuando domines esto podrás realizar toda clase de pequeñas cosas con la voluntad dentro o fuera de tu cuerpo.

Si puedes hacerlas cuando estás en tu cuerpo físico, habrás convertido tu fuerza de voluntad en una verdadera fuerza. En realidad, habrás hecho de tu fuerza de voluntad una herramienta que puedes usar en tu beneficio. Esto en sí mismo es un desarrollo muy valioso.

Si eres de aquellos que lo hacen cuando están proyectados, verás que puedes hacer cosas que la mayoría de la gente considera imposibles. Estando fuera de tu cuerpo puedes visitar lugares de la Tierra y hacer cosas que te interesen, como leer libros que están en bibliotecas muy lejos de tu ubicación física. Habrás dominado el arte de la proyección. Si trabajas más, descubrirás que puedes incrementar tus capacidades en este tan útil arte.

Capítulo 9

Magia elemental

La magia elemental es una práctica que se basa en el concepto de que cuatro elementos están presentes en el universo material. Los magos creen que éstos, y sus diferentes combinaciones, son la base de toda creación física. Siempre se ha pensado que dichos elementos son fuerzas del universo no físico creado por Dios. Se formaron como agentes a través de los cuales se manifestaría el universo físico. Los elementos y los elementales no son ni dioses ni deidades, simplemente son fuerzas o "energías" básicas del universo no físico.

Cuando un mago trabaja en armonía con los cuatro elementos, cree que éstos, o las fuerzas elementales, actúan de manera favorable a instancias de él. La magia elemental se describe como una práctica de magia que se basa en la capacidad de comunicarse con, y de dirigir más que de controlar, las cuatros fuerzas elementales básicas. Así como el mago debe saber escuchar y hablar con los muertos para trabajar con ellos, el mago que practica magia elemental debe poder comunicarse con las fuerzas elementales, lo que logra estando en armonía con ellas; lo que generalmente significa que el mago debe tener una actitud particular hacia la creación física divina.

Estos cuatro elementos son el equivalente no físico (con frecuencia llamado espiritual) de los físicos Tierra, Agua,

Fuego y Aire, y en muchos altares los representan sus equivalentes físicos. El cáliz es el símbolo del Agua; el plato, de la Tierra; la espada o puñal, del Aire, y la luz de la vela del altar, del Fuego.

Los símbolos de los cuatro arcanos menores del Tarot representan los elementos no físicos. Se dice que los oros simbolizan a la Tierra, las copas al Agua, las espadas al Aire, y los bastos al Fuego. De ahí que se comparan con los símbolos de los naipes comunes y corrientes, en los que se supone que los corazones representan al Agua, los diamantes al Fuego, las espadas a la Tierra, y los tréboles al Aire. Aunque tales asignaciones o correspondencias son interesantes, nada tienen que ver ni con la magia elemental ni con el conocimiento superior de lo oculto.

La intención de las cuatro iniciaciones de la práctica de la magia ritual y ceremonial es el dominio de la magia elemental. Se considera que éstas forman parte de las iniciaciones previas, de la tercera a la séptima, que tienen lugar en muchas logias de magia ceremonial. Las personas que han participado en esas iniciaciones elementales juzgan por sí mismas si controlan o no este nivel de desarrollo espiritual, decidiendo si practican con éxito la magia que produce un resultado físico con la ayuda de los cuatro elementos. La gente que pasa por las cuatro iniciaciones elementales de una logia o grupo de magia ceremonial y no puede hacer magia con los elementos, es una prueba de que aún no se merece las iniciaciones que el grupo le ofreció.

Hay individuos que tienen una afinidad natural con la práctica de la magia elemental, pues el trabajo les queda a la medida de inmediato y lo hacen con mucho éxito. Así como hay gente que tiene la facilidad de trabajar con los muertos, existen personas que tienen el don de trabajar con los elementos. Algunas señales fisiológicas indican qué individuos son capaces por naturaleza de hacer magia elemental. En nuestra sociedad actual, dichas marcas no garantizan que esa gente tenga alguna vez la oportunidad de saber o practicar cualquier forma de magia.

Una de las características que sugieren capacidad para trabajar con magia elemental son las orejas puntiagudas. Las del tipo del "Dr. Spock" no son muy comunes, pero sugieren que la persona puede comunicarse con la naturaleza. Otra señal es "tener buena mano" para las plantas y todas las cosas que crecen. Tener cierto gusto por los animales domésticos o salvajes, o sentir amor por ciertas mascotas, no es indicativo de una capacidad poco común para trabajar con elementos.

En las líneas de la palma de la mano también se encuentran señales de capacidad para practicar magia elemental. No obstante, estas marcas fisiológicas sólo indican potencial para desarrollar capacidades que permiten hacer magia elemental. Pero para ello, estas personas aún tienen que trabajar en sí mismas. Para ellas es más fácil que para la mayoría de nosotros, pero sigue siendo un trabajo difícil.

En muchas prácticas de magia occidentales se acepta la teoría de los cuatro elementos. Quienes están familiarizados con la medicina china o el pensamiento oculto, saben que los chinos tienen una "teoría de los cinco elementos". La teoría metafísica hindú habla de los cuatro elementos europeos. El sistema hindú actual no es un concepto ario, proviene del pensamiento griego neoplatónico, de la época de la invasión de Alejandro Magno a la

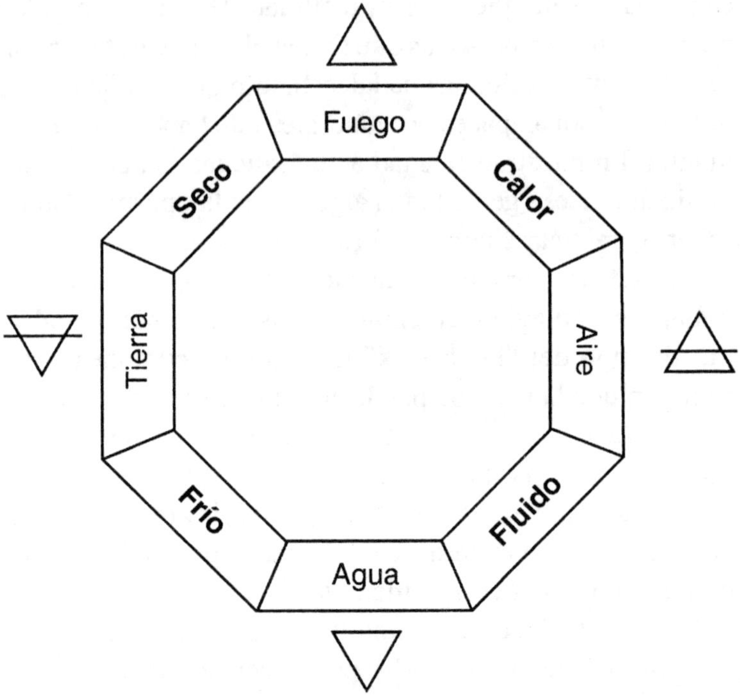

CUERPO = FEMENINO
Agua - Sentimiento = Emociones = Azul = Emocional
Tierra - Conciencia del Ego = Verde = Práctico

MENTE = MASCULINO
Fuego - Voluntad propia = Voluntad = Actividad mental = Rojo = Inspiración
Aire - Mental = Intelectual = Comunicación = Amarillo

Figura 2. Los Elementos y sus cualidades. Es una representación del octágono.

India. Los indios añadieron el "Akasha" o "energía de vida astral" como el quinto elemento a los cuatro europeos, absorbiendo el concepto de cinco elementos fundamentales de China. En occidente, la práctica de magia no considera a la "Akasha" o Fuerza de Vida Universal como elemento. Para muchas escuelas europeas de metafísica es algo completamente diferente.

Debido a la gran aceptación de los cuatro elementos por parte de los magos occidentales, muchos de los trabajos de magia en diferentes prácticas se relacionan con la magia elemental de una u otra manera. Como sistema, la magia elemental es simple, pero muy eficaz. Si observas la gran cantidad de rituales de las diferentes prácticas de magia, es sorprendente darte cuenta cuánto del trabajo depende de la cooperación armoniosa de los elementos.

La creación se manifiesta a través de los cuatro elementos, por lo tanto se ubican en un nivel espiritual justo por encima de todo ser humano encarnado. Por lo general se cree que los elementos tienen una "sensación" o "vibración" ante los diferentes componentes del universo físico. Se sabe que estas energías elementales están presentes en toda la materia, y cada uno de los cuatro elementos se encuentra en las partículas de la materia. Se dice que los diferentes tipos de cosas cuentan con distintas proporciones de los elementos. Por ejemplo, la materia física que conocemos como Agua contiene en su mayoría agua elemental y mucho menos cantidad de los otros tres elementos.

La magia elemental también considera a las características humanas en términos de elementos. En este sistema de clasificación, la emoción se relaciona con el agua elemental; la pereza se compara con la fuerza elemental de la Tierra, mientras que la actividad con el Fuego. Así que los hechizos emocionales que llegan a buen término lentamente, se trabajan con Agua y Tierra.

Para cumplir los deseos del mago, la magia elemental trabaja con los cuatro elementos, ya sea uno solo o en grupos de dos o más. Un hechizo de amor, que influye en las emociones, se hace con el Agua, y si se quiere que el individuo sienta el fuego de la pasión, también se usa el Fuego. Para ayudar a que la fuerza que se comunica llegue al receptor deseado, asimismo puede recurrirse al Aire, que se relaciona con el proceso de comunicación. Como el mago sólo emplea cuatro elementos, es fácil ver que la magia elemental no es tan compleja como la mayoría de los sistemas de magia.

Cuando trabajas directamente con los elementos, no recibes influencia de —o trabajas con— ninguno de los otros aspectos del mundo no físico, lo que hace que la práctica de la magia elemental sea muy sencilla. No se requieren estructuras físicas ni instrumentos ni equipo especiales, como en la magia ritual y ceremonial. Tampoco usa una bodega de hierbas y otros elementos, como la magia natural.

Para practicar magia elemental, el mago debe empezar por crear armonía con los cuatro elementos. Incluso para una persona con inclinaciones naturales para la magia elemental, éste puede ser un asunto muy largo de llevar a cabo. Para ello siempre se requiere dedicación, disciplina, así como tiempo y esfuerzo. Un individuo con una gran afinidad con un elemento en particular, necesitará por lo menos seis meses para empezar a estar en armonía con éste.

Tienes que armonizarte con los elementos antes de trabajar con ellos, lo que significa que las fuerzas elementales deben aceptarte. Tu aceptación se da por sentada. Una vez que se da la armonía con el elemento, debes empezar a trabajar en la armonía con los demás. Para esto se requiere perseverancia y disciplina, hasta que logres armonizarte con los cuatro elementos. Todo el proceso tarda por lo menos cuatro años de arduo y disciplinado trabajo; tiene la dificultad suficiente para desanimar a la persona cuyo deseo de alcanzar esta meta no es serio.

Lograr la armonía con los elementos es la parte más difícil de aprender a practicar magia elemental. Una vez que los magos están en armonía con los elementos, la práctica real de la magia elemental es muy simple. A éstos se les habla con respeto y se les pide que asistan al mago para que logre su objetivo. A veces se usan símbolos físicos de los elementos para enfocar la plegaria, o para ayudar a que se manifieste físicamente más rápido la petición del mago.

En la práctica hindú, o puja, se echan polvos de colores sobre los cuatro puntos cardinales. Ésta es una forma de magia elemental, pues se trata de una ofrenda a los elementos Aire y Tierra para que cumplan el deseo. Es un ejemplo de la aplicación de la magia elemental en una práctica mágico-religiosa, y podría citar muchos más. En el caso de la puja, el color de los polvos utilizados corresponde a las deidades que se invocan. Se cree que los polvos que se echan al aire ayudan a que la plegaria llegue a la deidad.

En la rigurosa práctica de la magia, cuando se trata de elementos el mago puede usar velas para trabajar con los elementales fuego, y disolver papel arroz lo ayudará en las plegarias a los elementales agua. Éstas pueden hacerse en un arroyo o río para influir en ellos en beneficio propio. En el caso de los elementales aire, se usan polvos o incienso. El lodo, el barro o la arcilla sirven para ganarte la ayuda de los elementales tierra. La tierra de panteón, tan famosa en el folclor y los hechizos vudú, sirve para elevar plegarias a los elementales tierra. La tierra de panteón es simplemente tierra que se toma de una tumba reciente.

Aunque en realidad los elementales son fuerzas no físicas, los magos y los metafísicos los vuelven antropomorfos, igual que todas las cosas con las que se enfrentan los seres humanos. Por lo tanto, en la literatura de magia encontrarás referencias sobre el "Rey de los elementales tierra" y el "Gran duque de los espíritus del agua", etc.

Se supone que los gnomos representan a los elementales tierra. En las prácticas de magia occidentales, las sirenas se consideran elementales agua que viven en el mar. Las ondinas son los encantadores elementales agua que viven en aguas dulces. Las salamandras son criaturas elementales fuego. Las sílfides, bellas formas femeninas transparentes, son la personificación de los elementales aire.

Algunas prácticas mágico-religiosas creen que estas "criaturitas" son elementales, y otras no. Por ejemplo, en la santería afrocubana las sirenas no se consideran elementales agua, sino entidades espirituales de otra especie. Algunas personas de habla inglesa que realizan ceremonias están en completo desacuerdo con ese punto de vista. Éste es otro ejemplo de la diversidad de opiniones que existe en las diferentes prácticas de magia.

Cuando haces contacto con las fuerzas elementales, después de entrar en armonía con ellas, no es necesario que las vuelvas antropomorfas. Sabes bien que son reales y que no son nada de lo que te han dicho, no importa cuánto hayas estudiado y leído sobre el tema.

Capítulo 10

Cómo aprender magia elemental

La magia elemental, como se mencionó en el capítulo anterior, depende en gran medida de tu facultad natural para practicarla. Primero debes verificar que tienes ese don natural, si no, olvida la idea a menos que tu maestro te guíe en esa dirección. Si no tienes maestro, trabaja con los ejercicios de concentración y meditación del capítulo 5. Ellos llevarán a tu mente al punto donde debe estar para que la uses como herramienta en el trabajo con los elementos. Estos ejercicios, en especial los de concentración, son básicos para cualquier práctica de magia y la proyección astral. Cuando los domines, podrás trabajar con los elementos.

Empieza cultivando plantas —incluso algunas en la ventana. Hazlo con amor y ponles atención, concentrándote en ellas cuando las atiendas. Háblales y trabaja con ellas de manera muy concentrada. Cuando domines este arte descubrirás que las plantas "hablan" contigo. Sigue desarrollando la amistad y la comunicación con ellas. En poco tiempo te darás cuenta de que abriste el camino hacia la comprensión del reino de los elementales Tierra.

Desarrollar la comunicación te llevará muchos años, si tienes la facultad. Si no cuentas con ella, no será tiempo perdido el que emplees intentando este ejercicio. No te impacientes, pues la impaciencia dificultará su control. Nada más sigue intentándolo sin esperar nada, poco a poco empezarás a comunicarte con las plantas.

Una vez que abras la comunicación con los elementales Tierra, verás que con el tiempo podrás comunicarte progresivamente con los demás elementales. Continúa trabajando con tus plantas y concéntrate en ellas hasta el punto de ignorar otras cosas. No tienes que "amarlas", sólo respétalas y cuídalas.

Para hacer magia con plantas, sólo menciona a los elementos lo que necesitan cuando estés trabajando con ellas. La única advertencia es que debes comunicarte realmente con ellas y saber qué necesitas.

Puedes comprender a los elementos leyendo parte del siguiente material y reflexionándolo. Nada que leas te permitirá tener una verdadera relación con los elementos, ésta la ganarás cuando te presenten a ellos en un nivel no físico. Más abajo menciono algunas maneras de ver a los elementos y aunque hay muchas, ninguna iguala al acto de conocerlas.

El Fuego es el principio de la actividad.

El Agua es el principio de la atracción.

El Aire es el principio de la comunicación, o interacción.

La Tierra es el principio de la estabilidad, o inercia.

Estos principios pueden expresarse en la lógica binaria de una computadora.

Fuego con Aire a Agua igual a 1 en la lógica binaria.

Fuego con Tierra a Agua igual a 0 en la lógica binaria.

Desde este punto de vista, la Tierra como intermediaria evita la comunicación y forma un "circuito abierto"; mientras que cuando el Aire reemplaza a la Tierra, crea un "circuito cerrado".

Se dice que el Fuego y el Agua son los elementos primordiales. Las fuerzas espirituales del universo se crearon a partir del Fuego; mientras que las fuerzas físicas, incluyendo a la humanidad, se formaron con el Agua.

La Estrella de David, el símbolo del judaísmo, es el Fuego y el Agua en perfecto equilibrio. El triángulo equilátero con la punta hacia arriba es el símbolo del Fuego, y con la punta hacia abajo representa al Agua.

Platón consideraba que la Tierra y el Fuego eran las fuerzas elementales básicas; decía que éste tenía como cualidades el brillo, la delgadez y el movimiento, y la Tierra las de la oscuridad, el espesor y la tranquilidad. Sugería que había dos Aires y dos Aguas. Las características del Aire de Fuego eran la delgadez y el movimiento, y la del Aire de Tierra la oscuridad. La cualidad del Agua de Fuego era la del movimiento y las del Agua de Tierra el grosor y la oscuridad.

Agrippa decía que el Fuego era cálido y seco, la Tierra seca y fría, el Agua fría y húmeda, y el Aire húmedo y cálido. Consideraba que la Tierra y el Agua eran pasivas y femeninas, mientras que el Fuego y el Aire activos y masculinos.

Se dice que el Fuego y el Aire son parte del universo amorfo, y la Tierra y el Aire del universo formativo.

Si meditas estas declaraciones, después de que pienses en ellas conscientemente, quizá puedas saber cómo se manifiestan los elementos en el mundo físico, lo que te ayudará a desarrollar la capacidad para armonizarte con los elementos.

Capítulo 11

Magia natural

Cuando estudiamos los sistemas y las prácticas de magia nos enfrentamos a operaciones de magia tal como las planea la mente. Más allá de nuestra estructura de creencias y expresión intelectual, existe una base en la que descansa toda magia. Esta base es fiel y verdadera a pesar de las creencias o pensamientos intelectuales; es tan verdadera como las leyes de la física, y como éstas, para operar no requiere que la inteligencia humana la reconozca o apruebe. No necesita que el humano que usa esas leyes tenga ciertas facultades, y es precisamente la posesión de las facultades no físicas la que permite que los individuos sean magos.

Trabajar con los espíritus de los muertos, para obtener información o hacer magia, depende menos de las creencias y más de la capacidad para hacer el trabajo, que cualquier magia o rito religioso y magia ceremonial. A la magia elemental la adornan creencias de diferentes clases, versiones antropomorfas de las fuerzas elementales y otras complicaciones innecesarias. No obstante, la verdadera práctica de la magia elemental depende por completo de la capacidad de los magos para lograr la armonía con las fuerzas elementales del universo, y se trata de una facultad del todo humana.

En este sentido, la magia natural es de la misma especie. Practicar magia usando materiales naturales como piedras, plantas, animales, tierra y otras cosas de origen natural, depende casi en su totalidad de la capacidad del individuo para armonizar con estos materiales y aprender por qué el Creador los hizo para el uso de la humanidad. En la magia natural, los elementos utilizados se seleccionan por su relevancia en los deseos del mago. Después éste les eleva una plegaria, para darles dirección; podría decirse que a través de la oración el mago les da instrucciones para que ejerzan su influencia natural y cumplan su deseo. Igual que en la práctica de la magia elemental y en el trabajo con los espíritus de los muertos, en la magia natural es necesario que el mago desarrolle facultades no físicas para que opere su capacidad mágica.

Para que tenga efecto, la magia natural depende del poder o virtud inherente de los ingredientes naturales que se usen, y de la dirección que les dé con la plegaria del mago. La magia natural es totalmente diferente a los sistemas de magia que se basan en creencias. A los ingredientes utilizados en un hechizo no les interesa lo que está en la mente del mago cuando él o ella eleva la plegaria; es la capacidad de éste para orar lo que provoca que los ingredientes del hechizo respondan a sus deseos.

Los ingredientes naturales de un hechizo mágico no tienen que ver con que el mago haga el "bien" o el "mal", únicamente se usan por las características con las que los hizo el Creador. La magia natural es muy eficaz, tanto que forma parte de casi todas las demás prácticas de magia.

Cuando la magia natural se usa en conjunto con otro sistema de magia, más intelectual, las diferentes partes del universo físico que se usan como ingredientes se identifican con deidades, fuerzas del universo, emanaciones de Dios, etc. Plantas, flores, hierbas, inciensos, perfumes y demás, ocupan un lugar importante en el marco de la práctica de magia con fines intelectuales. Un ejemplo de esta categoría intelectual es el famoso libro *777 y otros documentos cabalísticos*, de Aleister Crowley. Es una guía para quienes trabajan según el sistema de la Cábala cristiana. A decir verdad, los atributos de los objetos naturales se basan en su virtud real inherente o poder natural activo. La fuerza de los objetos naturales es inherente a ellos y forma parte de su ser esencial. Al poder esencial le da vida la plegaria de la persona que trabaja con ellos.

La mitología de cualquier sistema religioso o de magia debe estructurarse para justificar la virtud fundamental de los materiales naturales usados en sus trabajos. Por lo general, es necesario que las virtudes o el poder activo de los materiales naturales se explique en términos de la mitología del sistema. También quiere decir que la virtud real del material se modifica, por lo menos un poco, para ajustarse a la mitología intelectual del sistema.

La magia natural se practica con o sin una estructura de creencias o explicaciones sobre cómo trabaja. En manos de quienes saben rezar, se convierte en una verdadera tecnología, pues la gente puede hacer con éxito cualquier hechizo usando los ingredientes adecuados. Es este desarrollo gradual de los hechizos tradicionales, en los que se usan las virtudes de las piedras, las plantas y los animales, el que forma la base de casi todos los sistemas de magia tradicional.

Las personas que practican magia natural deben contar con la sutil capacidad de ver o sentir la interconexión entre el material del que disponen y las metas mágicas que se hayan fijado. Para ello, necesitan tener la capacidad de percibir la naturaleza real de las cosas, habilidad que está más allá del alcance de la mayoría de la humanidad. Esta facultad es la percepción sutil que mencionan los místicos de todas las doctrinas. Se trata de la verdadera comprensión de que la creación es el trabajo supremo de una fuerza y que las variaciones de la creación sólo son simples facetas de este ser divino y único.

Robert Fludd y Paracelso, igual que muchos otros místicos, se refirieron a esta percepción con relación a la magia. Algunos textos esotéricos intentan que los curiosos la desarrollen, generalmente con resultados muy indiferentes. Todo lo que puede decirse de ella es que se trata de una facultad, un talento, que la humanidad no comparte de manera uniforme. Sin embargo, hay suficiente cantidad de gente que ha dejado muchos hechizos tradicionales que las personas que saben orar usan de manera muy eficaz.

Muchos de los hechizos de magia natural se publican en libros que se venden baratos en las áreas de escasos recursos de las grandes ciudades. Los usa la gente que desea obtener ventajas para sí misma en su contacto diario con el mundo. El famoso libro *Conjur Wife*, de Fritz Leiber, es una novela basada en la invasión de las técnicas de magia natural en nuestra sociedad diaria, a un nivel muy oculto. Aun así de escondido, toda la sociedad sabe que la magia natural está en constante operación, la usa continuamente, igual que otras sociedades.

Además de los libros auténticos de hechizos, también existen muchas "obras que no tienen sentido"; la mayoría se escribe para que aquellos que venden material "de lo oculto" ganen dinero. Otras contienen hechizos con ingredientes de más, pues los autores descubren que los hechizos originales no les funcionan. Los comerciantes añaden ingredientes superfluos, o pociones misteriosas, a los hechizos para complicar el asunto o incrementar las ganancias. Pero existen muchos hechizos de magia natural reales y los utilizan cientos de personas.

La plegaria para los ingredientes, que los activa y los dirige, es otra fuente de problemas. A pesar de lo fácil que es orar, mucha gente no puede enviar una plegaria que supere las palabras. La incapacidad para rezar bien con frecuencia se considera una falla de la magia natural. Y quienes no saben orar agregan ingredientes al hechizo "para que funcione" o deducen que la magia natural no sirve.

En el siglo XVIII una planta conocida como *Lobellia Syphletica*, o lobelia azul, se usaba para aliviar la sífilis. Su reputación era irregular y a mediados del siglo XIX se eliminó del repertorio de hierbas. En la actualidad, sólo la utilizan los curanderos tradicionales para tratar dicha enfermedad. El problema no era la planta sino los médicos, quienes en el siglo XVIII conocieron la planta y sus usos a través de los curanderos. Éstos seleccionaban las flores con cuidado y las deshidrataban para usarlas después. Cuando las aplicaban en forma de concentrado para tratar la enfermedad, los curanderos les rezaban. La plegaria activaba las flores de la planta y las convertía en agentes curativos; sin la oración la planta producía pocos, o ninguno, beneficios médicos. Hoy en día, la medicina cuenta con tratamientos mejores y más rápidos para casi todas las enfermedades y ya no usa remedios herbales básicos. No obstante, éstos siguen allí, al alcance de quienes saben utilizarlos.

Existen muchos casos más que podrían citarse a este respecto. Se dice que la tintura de la raíz Muira Puama cura la impotencia masculina. Funciona bien si se le reza, pero creo que no tiene efecto, o muy poco, como medicina en sí. Lo mismo aplica a perfumes e inciensos. La calidad de muchos de los ingredientes de los inciensos se altera si se les reza antes de que se consuman. Un ejemplo, aunque impresionante, es la mirra, cuando se le reza para pedir que los espíritus se hagan visibles.

La oración es esencial en cualquier tipo de magia, como en la vida misma. La incapacidad general de las personas para rezar es una carencia muy grande de nuestra sociedad. No eres un ser humano completo hasta que ofreces una sincera plegaria de agradecimiento a tu creador por la oportunidad que te da a través de la vida de la que disfrutas. Si te das cuenta de que no sabes rezar, tu labor principal es aprender a hacerlo.

No hay manera de enseñarle a la gente a orar, es un proceso individual que toma tiempo. Una vez, uno de los grandes predicadores del Islam fue criticado por evitar que algunos de sus alumnos rezaran las oraciones rituales. Dijo que era mejor que primero aprendieran a orar antes de que bloquearan la posibilidad de hacerlo fingiendo que sabían rezar.

Hay ejercicios que ayudan a la gente para que desarrolle poco a poco su habilidad para rezar. Uno de los mejores es repetir constantemente durante el día una "oración establecida". Los católicos podrían usar el Ave María o el

Padre Nuestro; los judíos el Schma (Escucha Israel al Señor, al Señor tu Dios). Con el tiempo este simple ejercicio dará frutos, aunque debe hacerse con regularidad durante años antes de que exista si quiera un estremecimiento que indique que ha tenido lugar un crecimiento real. El crecimiento sucederá. Una vez que el individuo alcanza un lugar espiritual elevado, puede hacer magia natural. Hasta ese momento, la persona no podrá practicar magia natural.

Capítulo 12

Cómo aprender magia natural

Para comprender la magia natural, debemos aprender a reconocer las virtudes naturales. Además de los "sentidos psíquicos", los objetos naturales tienen formas de anunciar el poder vital de su virtud a los sentidos físicos. Existen algunas reglas obvias para determinar la virtud natural de las cosas, pero como veremos, no existe algo físico o intelectual que reemplace la vista interior que se usa para descubrir las verdaderas conexiones entre las cosas de este mundo.

La magia natural es la aplicación de la fuerza de los objetos naturales para ayudar a que la fuerza astral de un ser humano encarnado lleve a cabo un cambio en el mundo físico.

El criterio intelectual de la virtud natural de las cosas, a la con frecuencia se le llama regencia, es la famosa "doctrina de las signaturas", que se basa en la creencia de que el Creador puso una "firma" en cada cosa creada. La "firma" o identificación de la virtud se basa en la apariencia física del objeto natural. Esto nos lleva a la primera regla de la doctrina de las signaturas para determinar la virtud de las cosas:

> La forma física y el color de las cosas naturales manifiestan su virtud.

El gran físico y ocultista Paracelso "desarrolló la doctrina de las signaturas que heredó de Alberto Magno y la reforzó con sus agudas observaciones y el uso de remedios herbales. Esta teoría se basa en la idea de que cada parte del hombre, el mundo microcósmico, corresponde a alguna parte del universo, el mundo macrocósmico, y que la conexión es obvia a través de alguna similitud de forma o color, de hecho por medio de su Firma".

De acuerdo con la doctrina de las signaturas, las plantas que tienen hoja en forma de lanza o de cuchilla tienen la firma (astrológica) de Marte, y sirven para tratar heridas. Hoy en día, estas plantas se conocen como vulnerarias, pues en el pasado se utilizaron con ese propósito.

Del mismo modo, las plantas con hojas o flores rojas tienen la misma firma y su virtud es la de las cosas que astrológicamente corresponden a Marte. Las virtudes de los planetas son "virtudes exteriores" porque éstos se ven en el cielo; las de las plantas son "virtudes interiores" porque están ocultas en ellas y las liberan las plegarias.

En la Edad Media, en muchos lugares aceptaban la doctrina de las signaturas y en algunos de los herbarios antiguos, las plantas se identificaban con un planeta. En ocasiones esto llegaba a la práctica de la medicina formal, la planta aparecía como "se usa para enfermedades de Marte", o una información parecida. Por desgracia, muchos de los médicos de la época no sabían rezar y por lo tanto no podían activar las plantas o las medicinas con hierbas que usaban para tratar las enfermedades.

La firma de las plantas que tienen agua en sus hojas, o flores blancas u hojas blanquecinas, se relaciona con la de la Luna. Son útiles en el tratamiento de enfermedades de función periódica y padecimientos de las mujeres. Sirven para practicar magia porque ésta está ligada a las cosas que la Luna rige astrológicamente.

Hemos visto la relación que las virtudes de los planetas tienen con las de las plantas, que por lo general se limita a los siete planetas "visibles" conocidos desde la antigüedad. Se dice que estos "siete antiguos" ejercen la influencia más fuerte en la natividad (horóscopo) individual e influyen todos los días en los individuos que viven en la Tierra.

En el sistema de regencias astrológicas también se usan otras regencias. Los doce signos del zodiaco rigen plantas particulares, y a los planetas que se descubrieron hace menos tiempo —Urano, Neptuno y Plutón— también se les asignaron regencias de plantas. Esto da como resultado un total de veintidós influencias concedidas al sistema de regencias astrológicas. Además, las plantas y otros materiales naturales tienen una correspondencia particular con los cuatro elementos: Tierra, Aire, Fuego y Agua.

No importa qué sistema de regencias astrológicas o de atribuciones se use, las "virtudes" reales de las plantas, animales, etc., se mezclan. Es posible que tengas muchos problemas para identificar la virtud fundamental de las cosas naturales usando cualquier grupo de referencias. Siempre es mejor que recurras a la "vista interior" para determinar las conexiones, como lo mencionó Paracelso.

Con ese término me refiero a la parte de la conciencia humana más difícil de desarrollar. Si quieres saber si tienes esta capacidad, haz un experimento. Coloca una muestra de cualquier material natural en tu mano, una hoja por ejemplo. Ahora proyecta tu conciencia al material; cuando te mezcles con él, nada más pregúntale: "¿Qué eres?" Él te responderá y lo sabrás. En este intercambio no habrá palabras ni ningún lenguaje.

Ésta es la mejor descripción de lo que es una forma de comunicación no verbal. Si las palabras, los pensamientos racionales u otros intercambios están presentes en la transferencia de conocimiento de una conciencia a otra, no es "vista interior".

Para hacer esta práctica, lo mejor es que evites desilusionarte creyendo que tienes una respuesta cuando no es así. Si haces la prueba y no recibes respuesta, mejor admítelo de inmediato y no te hagas ilusiones.

He estado usando el término "virtud" de manera particular. La palabra es casi intercambiable con "vibraciones", como lo hace la gente con "conciencia de la Nueva Era", o aquellos que practican la sanación holística. Virtud es la cualidad específica de cualquier cosa que forma parte de la creación divina. Entonces, para que no confundas la "virtud" de algo con sus "vibraciones", lo que proyecta cuando se toca, permíteme definir de la manera más exacta posible a qué me refiero cuando digo "virtud".

> Virtud es el mérito o cualidad buena de alguna parte de la creación divina. Es una forma eficaz y activa del mundo físico —tiene el poder de producir un efecto particular. La virtud es inherente al objeto o material natural, y no llega a él desde el exterior como resultado de algún proceso o tratamiento, incluyendo la oración.

Si reflexionas esta definición, verás que todo tiene una virtud, la que primero debe identificarse y después aplicarse. La virtud de algo tan complejo como una planta, por ejemplo, no es constante a lo largo de su crecimiento; se modifica dependiendo de qué parte del objeto natural, en este caso la planta, se tome la muestra.

Como ejemplo de la forma en la que los antiguos herbarios trataban las virtudes de las plantas, haciendo una lista de su regencia y virtudes, la siguiente información se tomó de una reimpresión del clásico *Herbario de Culpeper.*

Agrimonia — Moderadamente cálida y húmeda según la naturaleza de Júpiter.

Aloe — Es una planta de Marte, cálida en segundo grado y seca en tercero, de sabor muy amargo.

Azalea — Es una planta de Mercurio y es aromática.

Mora — Es una planta de Venus en Aries.

Sauce — Le pertenece a la Luna.

Aunque no todas las plantas mencionadas se tratan de la misma manera, muchas tienen listas detalladas de su regencia y virtudes. Éstas pueden servirle a la persona interesada en la sanación con hierbas o la magia natural.

Una planta (o animal) está constituida por muchas partes. Las raíces, el tallo, la corteza, las hojas, las flores y las semillas de las plantas tienen diferentes subregencias según la doctrina de las signaturas. (Véase la figura 3). Para determinar la virtud de la planta con la que trabajamos, hay que considerar qué parte se usa. Si recurrimos a la "vista interior", sabremos la diferencia de manera automática. Si nos basamos en un sistema de regencias astrológicas u otro, descubriremos que es muy complejo.

Regresando al sistema de regencia astrológica, las partes de la planta que están bajo tierra tienen como subregente a la influencia de Saturno. La virtud de Saturno cubre las raíces de las plantas. La corteza de la raíz es la comunicación con el mundo externo, y por lo tanto su subregente es Mercurio. Podríamos decir que la corteza de la raíz está regida por la virtud de Mercurio y la de Saturno. Esto se aplica a todas las plantas.

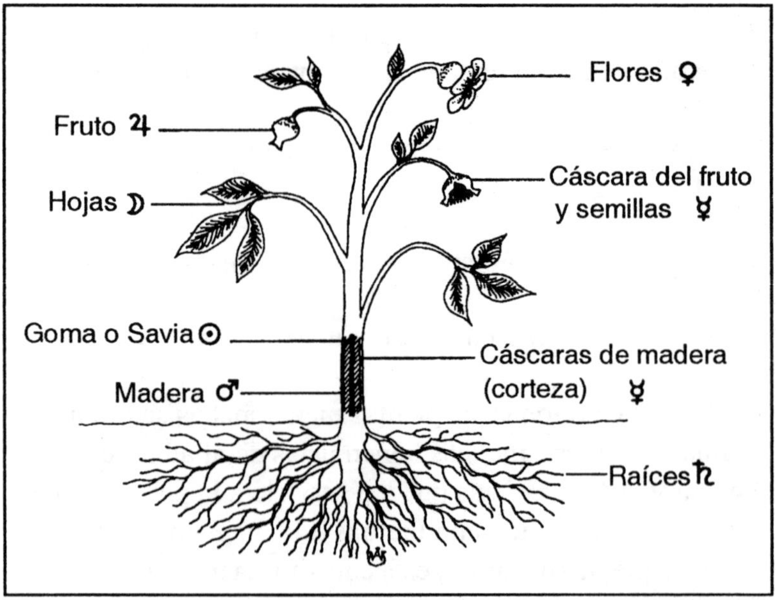

Figura 3. Regencia astrológica de las plantas según Paracelso. (Ilustración cortesía de Alden Cole).

Júpiter rige el fruto de la planta. En el caso de la papa, éste es subterráneo. Ahora, la planta en sí está regida por Venus y su fruto por Venus regido por Júpiter de Saturno. Venus rige a toda la planta, Júpiter a su fruto y a la planta misma, a la que subrige Saturno porque crece bajo tierra.

En el mismo sistema astrológico, Mercurio rige a las zanahorias. Éstas son el fruto de la planta, así que les corresponde la virtud de Júpiter y como el crecimiento de las zanahorias es subterráneo, se les añade la virtud de Saturno. Entonces, están regidas por Mercurio y Júpiter de Saturno.

Obviamente, las cáscaras de la zanahoria y de la papa, como piel de las raíces, tienen también la influencia de Mercurio. A partir de esta observación es fácil saber que las cáscaras de la papa pueden usarse para conservar a un amante fiel, mientras que las de la zanahoria abren las oportunidades de ingresos comerciales. De hecho, las zanahorias y las papas se usan así en la práctica de la magia natural.

Los filósofos magos de la Edad Media desarrollaron este sistema de regencias astrológicas. Su complejidad es mucho mayor, aquí sólo presentamos una parte. Aunque tiene ciertas aplicaciones prácticas, no lo recomiendo a ninguna profundidad. Es posible hacer conexiones con la regencia astrológica de las plantas, pero hacerlas bien es una tarea impresionante. ¡Es mucho más fácil usar la vista interior!

La influencia básica de las plantas es la principal; la de cualquiera de sus partes es la influencia secundaria, que se modifica con la influencia de la parte específica de la planta. Éste es sólo el principio de las complejidades de la clasificación de la naturaleza según los sistemas de regencias intelectuales.

El color, el sabor y el aroma, son tres cualidades que también participan para determinar la virtud de la planta a través de la doctrina de las signaturas. En el caso del rábano, cuya influencia básica es de Marte, está más conectado a este planeta si su color exterior es rojo (Marte = rojo). El rábano blanco tiene la subinfluencia de la Luna, y por lo tanto se relaciona con Júpiter (fruto) y Saturno (subterráneo) además de la modificación de la influencia de Mercurio, y una menor influencia de la Luna. Entenderás lo complejo que se vuelve el problema de las regencias.

Ya hemos visto que el proceso de asignar influencias y virtudes a través de los sistemas de regencias intelectuales es muy complicado. El astrológico es igual de difícil que los demás sistemas que se basan en regencias de dioses, emanaciones, canales, etc. Como sólo he hablado de las complejidades del sistema astrológico de clasificación, ahora mencionaré brevemente que el tiempo y la manera de cosechar ciertas plantas tienen una influencia adicional en sus "virtudes".

El sistema de regencias astrológicas es fácil de explorar, pues en la Edad Media muchas autoridades académicas sostuvieron debates sobre el tema. Muchos de ellos se registraron y los investigadores interesados pueden consultarlos en las bibliotecas europeas. Algunos de los clásicos de magia se han vuelto a imprimir. Lo que en una época fue un "documento científico", es posible que en cien años se considere de otra manera.

El proceso de identificación de la virtud de una planta u otro objeto natural es mucho más sencillo si usas tu facultad de la "vista interior", que es la misma que el don de la "comprensión intuitiva" a la que se refieren otros autores que hablan de las tradiciones de lo oculto. Se trata de un sentido espiritual o facultad, no se aprende con ejercicios o entrenando los procesos de la mente racional. Por otro lado, determinar la virtud de las cosas a través de correspondencias, astrológicas u otras, es un proceso intelectual que requiere de ejercicios y de la capacitación de la mente.

En este caso, el uso de la facultad mental racional para determinar las virtudes es el camino más largo para aprender sólo una parte de lo que es obvio para la persona con vista interior.

El don de la intuición, utilizado para sentir la virtud de las cosas, se aprende estudiando con un maestro que ha desarrollado la facultad, no hay otra manera de hacerlo. Hay que hacer ejercicios para iniciar el proceso, y otros más para asegurarse de que los alumnos tengan un desarrollo equilibrado. Puede parecer que los ejercicios tienen poco que ver con lo que los estudiantes quieren aprender, y la mayoría de ellos pierde la fe y abandona el entrenamiento. Es una parte necesaria de la capacitación, pues sólo las personas realmente comprometidas desarrollan la capacidad. Los individuos que tienen este don o trabajan en él siguen adelante y estudian las complejidades de los procesos de la magia.

Algunas reglas de la magia natural

La identificación de las virtudes de las cosas naturales es un proceso complejo cuando se hace por medio de la facultad intelectual; es más simple si se usa la "vista interior" o conocimiento interno. Hasta que vemos las cosas desde el punto de vista del conocimiento interno entendemos lo sencilla que es la magia natural.

¿Por qué la oración motiva a las fuerzas de las cosas naturales a que actúen según la voluntad humana? En el reino de la magia natural, como en el reino del pensamiento intelectual, existen reglas. Ya antes mencioné la doctrina de las signaturas. La acción de las plegarias en las cosas naturales tiene lugar de acuerdo con otra regla, la "ley del dominio".

Lo inferior está sujeto a lo superior.

En los escritos canónicos cristianos, hebreos e islámicos, la Biblia y el Corán, se menciona la ley del dominio. En la Biblia aparece en el Salmo 8, versos 4 al 8. El salmo es una clara afirmación del control de las fuerzas naturales del universo con el que nos bendice el Creador si tan sólo lo reconociéramos y entendiéramos.

Salmo 8

4 ¿Quién es el hombre, que te acuerdas de él, el hijo de Adán, para que de él cuides?

5 Apenas inferior a un dios lo hiciste, coronándolo de gloria y grandeza.

6 Le entregaste las obras de tus manos, bajo sus pies has puesto cuanto existe.

7 Ovejas y bueyes todos juntos como también las fieras salvajes.

8 Aves del cielo y peces del mar que andan por las sendas de los mares.

A los ojos del Creador, el hecho real demostrable de este dominio, no la creencia de que lo tienen, da a la magia natural el derecho a operar. Los sacerdotes y sacerdotisas de Dios en la Tierra son las personas capaces de demostrar este dominio, pues su Padre que está en el Cielo les concedió la verdadera dirección de la creación; son las verdaderas ovejas de Su rebaño. A ellos se les otorgó la autoridad real y el poder —ése que con frecuencia reclaman los arribistas y los fanáticos que despotrican contra ellos.

La oración del ser humano encarnado activa el material natural y no es una petición ni una coacción dirigida hacia o para el ser al que se le reza. Es la acción de la transmisión del poder de la fuerza astral del ser humano encarnado al espíritu del material natural. Esta transferencia de poder alienta al objeto natural a que cumpla su función "activándolo" o despertándolo. Se dice que el material "despierta a la vida" cuando se le reza. Según el nivel de percepción de aquellos que pueden ver esas cosas, cambió por medio de la acción de la plegaria.

La oración es una fuerza real del universo. La plegaria está en él. Las personas que en serio saben rezar tienen un don valioso, no sólo para sí mismas, sino para todo el mundo. La gente que no sabe orar así, de todas maneras debería hacerlo. Sólo a través de la acción de la oración conocemos su verdadero secreto. El deseo sincero de aprender a rezar es la clave para hacerlo bien.

Existe otra regla que se aplica al proceso de dirigir materiales naturales a una meta mágica. Quizá parezca opuesta a la anterior, pero no lo es; de hecho, se complementan. Se requiere un pensamiento objetivo para comprender cómo opera esta regla. Nuestra sociedad tiene un punto de vista negativo respecto a la sumisión y cuando se usa el término, se presenta una negativa reacción emocional interna que elimina la comprensión de lo que realmente significa sumisión.

Para crecer espiritualmente, primero debemos someternos a la voluntad del Creador. En el Islam, la sumisión es el nombre de la religión, pues en árabe eso significa la palabra *Islam*. En el mundo, nuestra "humanidad" actúa constantemente en términos de intereses superficiales y no en términos de nuestro interés espiritual. El silencio de la tranquilidad, la vocecita de nuestro interior es insoportable porque no la escuchamos. Hasta que nos alejemos de los intereses materiales y nos entreguemos, como espíritus, a la voluntad del Creador, podremos avanzar realmente en nuestras vidas espirituales. Con esto en mente, estamos listos para hablar del complemento de la ley del dominio.

El que se somete a las leyes.

En la magia natural, cuando un ser humano encarnado eleva una plegaria para activar un material natural, éste recibe una dirección y un propósito. El objeto natural se somete a la voluntad de la persona que reza. A través de esta sumisión obtiene una regencia y rige la realización de la meta mágica que fijó el individuo que hizo la plegaria. A partir de esta sumisión, participa en un intercambio de energía, adquiriendo fuerza del ser humano encarnado.

Ésta se conoce como la "ley de la sumisión" y de acuerdo a ella se realiza el trabajo de la práctica de la magia natural. Cuando no nos sometemos realmente a una tarea, es imposible para nosotros y para el material elegido que haga el trabajo para el que se seleccionó. El primer paso en cualquier acto de magia natural, es identificar el material adecuado que se utilizará para obtener el resultado deseado.

Las virtudes de los materiales naturales utilizados deben estar en armonía con el trabajo de magia realizado. Si el material que eliges tiene una virtud discorde con lo que quieres hacer, no va a funcionar. Por ejemplo, algunos de los hechizos que aparecen en los libros populares sugieren la adición de ingredientes que dificultan el trabajo que el hechizo debe hacer. Sólo podemos suponer que dichos hechizos fueron hechos por gente que no sabía trabajar con magia natural.

Cuando sabes que sí puedes rezar, el siguiente paso es que intentes hacer un hechizo sencillo con ingredientes naturales. Si no funciona, pregunta a cada material si puede trabajar con el hechizo. Eres capaz de hacer tu primer contacto con los ingredientes naturales con este método porque estás involucrado en lo que estás haciendo. No obstante, amplía el contacto antes de que hagas más hechizos. La "visión interior" hace posible todas las cosas, cuando ésta se desarrolla, los hechizos pasan a segundo término.

Existe otra regla de la Magia Natural que debe presentarse en este momento, se conoce como "ley de perseverancia". Se basa en la idea de que la creación divina, hecha por Dios, es perfecta y dicha perfección es eterna. La perseverancia es el atributo principal del verdadero mago, y éste instinto lo conserva la fuerza de voluntad de los magos.

La fuerza de voluntad, cuando se utiliza para la meta mágica deseada, es el poder básico que dirige la naturaleza astral del mago, en la oración o en otro esfuerzo. Originada en la esfera mental, como parte del proceso mental, la fuerza de voluntad le da dirección a la magia o a la plegaria. La decisión racional del mago de practicar un acto particular de magia también es importante, y está sujeta a la orden que el mago da a la naturaleza astral para que manifieste el resultado que éste desea.

El mago debe "querer" con infinita fuerza, una vez que tomó la decisión, para que el deseo se manifieste en el mundo físico. El mago busca un estado de perfección, desea que ésta sea y se manifieste en el mundo. Y así es, y permanece el tiempo asignado, perfecto a los ojos de quien lo decretó y lo pidió.

La perfección es eterna

Cuando pides a un material u objeto natural que actúe de cierta manera, seguirá dirigiendo sus esfuerzos y energías como se le indicó hasta que se le ordene que se detenga o hasta que cumpla con su tarea. La dirección del material, al que la plegaria del mago dio vida, viene desde el centro de su ser. No importa con cuanta precisión esté dividida la sustancia, seguirá ejerciendo su influencia bajo la fuerza de voluntad de la persona que le dio vida, incluso hasta la eternidad.

Podríamos esperar que la muerte del individuo que ejerció tan fuerte efecto en el material a través de la plegaria lo libere del cumplimiento de la tarea asignada, pero esto sucede sólo en parte. La muerte sólo desconectará la energía de vida vital del objeto o material, no pondrá fin a la labor que se le pidió que hiciera. La muerte del mago no pone fin al hechizo.

Una de las cosas más importantes de toda operación de magia es la necesidad de ponerle un tiempo límite. La operación de material natural con el que se trabaja, o al que se le reza, debe restringirse en tiempo. Si no, la persona que practica Magia Natural pasará mucho tiempo después de su muerte física tratando de detener las operaciones que engendró cuando estaba viva. Esta desagradable consecuencia puede evitarse recordando que debes poner límite de tiempo a todo hechizo o trabajo de magia, sin importar su propósito.

Hay varias maneras de limitar el tiempo de los hechizos. Una de las más fáciles es pedir que cuando se objeta el efecto deseado, el trabajo llegue a su fin. Por ejemplo, la oración de la persona puede decir: "Protege a X de cualquier influencia negativa hasta que nazca su bebé", o "Reduce la inflamación y el dolor hasta que el brazo esté curado". Estas peticiones exactas de lo que debe hacerse limitarán la operación del hechizo en el tiempo. También puedes decir "durante seis meses" para poner una fecha definitiva a los efectos deseados.

En la ceremonia de una boda civil se fija un límite de tiempo: "Hasta que la muerte los separe". También es una limitación en el tiempo y muchos hechizos pueden detenerse así. Lo más importante que los hechizos tengan límite de tiempo.

Existen varios sistemas de magia y la mayoría tiene puntos de vista opuestos con respecto al número de veces que una plegaria debe repetirse para completar un hechizo. A mi maestro le enseñaron que deben decirse siete veces, pero de su experiencia personal aprendió que con una vez era suficiente. A mí me sugirió que usara mi intuición. Muchas escuelas tienen reglas específicas y tú tendrás que decidir qué te funciona.

La regla de tres: Repítelo tres veces y se cumplirá.

Esta regla se basa en el concepto de que si repites una cosa tres veces, se manifestará. En muchas prácticas cristianas de magia, las plegarias se repiten tres veces, una por cada miembro de la Trinidad.

> La regla de siete: Di una cosa siete veces y se hará realidad.

Aparentemente, esta regla se basa en el concepto de que una plegaria debe decirse una vez por cada una de las siete fuerzas planetarias de la antigüedad. También la he oído así: "Repite una cosa siete veces y quienes la escuchen creerán en ella". En algunas religiones antiguas, las plegarias se dirigían a las cuatro direcciones, al cielo y a la tierra. La última repetición era interior, proyectada por a la nuca. Así tenemos las siete repeticiones de la plegaria.

> La regla de nueve: Repite una plegaria nueve veces y Dios te la responderá.

Parece que la regla de nueve se basa en la idea de que existen nueve fuerzas principales que participan en cada una de las repeticiones de la plegaria, y la última se dirige al Creador. Me explicaron que esta regla es la novena (serie de nueve oraciones) de la Iglesia católica romana.

* * *

Las reglas antes mencionadas te ofrecen varias opciones en el número de veces que debes ofrecer una plegaria a algo para darle vida. Algunos hechizos que se han publicado tienen su propio número de repeticiones, que debes cumplir. En otros casos, usa tu presentimiento.

Como el asunto de que la voz humana tiene la capacidad de producir cambios en el mundo material está presente en la mente del alumno, debemos incluir las palabras de uno de los grandes maestros espirituales de la India, el que opuso la práctica de la magia a la participación del mundo de la ilusión.

> La palabra del hombre es el Espíritu hecho hombre. Las palabras habladas son sonidos provocados por las vibraciones de los pensamientos, y los pensamientos son vibraciones enviadas por el ego del alma. Toda palabra que pronuncies debe tener la potencia de la vibración del alma. Las palabras del hombre no tienen vida si no las impregna con fuerza espiritual. La locuacidad, la exageración o la falsedad vuelven a tus palabras tan inefectivas como las balas que salen de una pistola de juguete. Las palabras y las plegarias de personas charlatanas o imprecisas no producen cambios benéficos en el orden de las cosas. Las palabras del hombre deben representar no sólo la verdad, sino también su comprensión y realización definitiva. Las palabras sin la fuerza del alma son como mazorcas sin granos de maíz.

Esta sentencia de Paramahansa Yogananda es la más exacta que he oído sobre lo que se necesita para hacer realidad una plegaria. Impregnando nuestras palabras con la fuerza del alma, literalmente somos capaces de hacer maravillas en nuestra vida diaria. Si vamos a practicar cualquier tipo de magia ésta es la forma de hablar que debemos usar.

* * *

La siguiente regla se basa en el concepto de que el mundo físico (incluyendo a los seres humanos) se creó a partir del agua; mientras que el mundo de los espíritus y los reinos astrales se hicieron a partir del fuego. El Fuego y el Agua son los elementos primordiales y la siguiente regla demuestra que la magia es una operación en la que interviene el astral, o naturaleza exaltada de las cosas. Debido a que los reinos espiritual y astral son superiores a la naturaleza física, a través de la ley del dominio ésta se somete a la naturaleza astral. Aunque la naturaleza física reina en la creación física, está sujeta sólo a la voluntad astral.

Quien manipula la naturaleza astral de las cosas es capaz de controlar el universo físico comprendiendo el universo astral. Un mago manipula las poderosas fuerzas del universo a través del conocimiento, y siempre con respecto hacia ellas.

El Fuego lo impregna todo.

Uno de los corolarios de esta regla es que el primer elemento que el mago novato aprende a manipular es el Fuego. Los maestros construyen la relación entre el elemento Fuego y el estudiante porque al interactuar con el fuego físico natural indirectamente conoce el fuego espiritual. Una vez que esto sucede, el mago empieza a tratar los demás elementos, uno por uno. Por lo general, los maestros eligen los elementos más cercanos al alumno.

Cuando una persona se acerca a los elementos sin la guía de un maestro, es más seguro que empiece con el más estable, Tierra. De esta manera, los otros se irán presentando al estudiante conforme éste se desarrolle.

Hay más reglas para las operaciones de magia, muchas de las cuales no son de uso exclusivo de la magia natural.

Estas reglas aplican para muchas prácticas de magia. Su sólida comprensión le facilitan la vida a mago.

> Ley de la Simpatía: Lo semejante tiende a su semejante.

De acuerdo con la ley de la Simpatía, si tomamos un objeto que simboliza algo y lo tratamos de cierta manera, el objeto que es su símbolo responde de la misma manera. El ejemplo más conocido es quizá el "muñeco" al que tanto se refieren en las historias de lo oculto. Se hace un muñeco, que representa a una persona, y se viste, y el mago lo trata como quisiera tratar a la persona representada por el muñeco y ésta, en teoría, sufre el efecto. Este tipo de magia es el gran favorito en los hechizos de amor.

Muchas tiendas que vendes cosas de lo oculto y curiosidades venden velas en formas de hombre y de mujer que se prenden para que la víctima "arda de pasión" por quien hace el hechizo. Esta idea de la simpatía también se utiliza para sanar, se elevan plegarias de recuperación al muñeco o se cubre con hierbas sanadoras. Los muñecos hechos con ropa de la persona a la que va dirigido el hechizo son los favoritos de los magos.

Pueden utilizarse otros símbolos de la persona, como artículos de vestir o incluso fotografías o dibujos de él o ella. En los últimos 20 años, el uso de fotografías instantáneas como símbolos de la gente a la que se le hacen trabajos de sanación, ha crecido mucho. Definitivamente esas fotografías son mejores símbolos que los burdos dibujos.

Como producto de la ley de la Simpatía tenemos la ley del Contagio. Ésta indica que cuando dos cosas entran en contacto queda un lazo astral invisible entre ellas. Este lazo (hilo) astral se usa para que la acción tomada sobre un objeto tenga efecto en el otro, con el que antes estuvo conectado.

Una de las razones esotéricas por la que los altos miembros de la jerarquía espiritual hacen énfasis en la monogamia, es que limita las conexiones con los demás. El lazo sexual es la conexión astral más fuerte que un ser humano puede crear con otro. El mago utiliza este lazo sexual de mucha maneras, pero en un nivel más superior representa una fuga para él, pues para ese entonces ha hecho conexiones espirituales con mucha gente y ya no quiere más.

Según esta teoría, cuando tiene una conexión sexual con una persona en vida, ésta continúa en forma de lazo espiritual después de la muerte. Esta red de conexiones espirituales que se forman físicamente, vida tras vida, mantiene unida a la humanidad.

En muchas prácticas el hilo o conexión entre gente y cosas se toma muy en serio. Por ejemplo, la práctica hindú de magia tiene un grupo de dogmas según el cuál un tipo de lazo es mejor para cierta clase de magia. En la práctica de magia kahunna de Polinesia, los hilos de conexión se tratan físicamente, incluso con técnicas para moverlos de un lado a otro. Si la creencia en algo es indicadora de la verdad (cosa que no es así), la validez de la ley del Contagio queda comprobada.

La ley del Contagio hace que en muchos hechizos se use ropa u otra posesión personal del individuo que recibe el trabajo de magia. De hecho, no se necesita una prenda íntima o de ropa, la magia trabaja sin lazos. No obstante, para el mago este lazo representa una "vía" hacia el sujeto de las operaciones.

Cuando no está presente, hay forma de establecer esta "vía" con magia. Es el método que utiliza el "tercer" mago que participa para calmar las batallas que libran quienes practican magia. Lo que hace básicamente es unir a cada uno de los magos combatientes con su propia ira.

Según la ley del Contagio, pueden usarse imágenes de personas. Las fotografías son muy buenas para este fin porque son excelentes transmisoras de energías astrales. Las modernas fotografías instantáneas son buenas transmisoras de energía y muchas personas que han trabajado con ellas las prefieren a todo lo demás.

Artículos de vestir son los elementos más comunes para los trabajos de magia, pero en algunos casos se usan herramientas, joyas u otros objetos personales. He visto muñecos hechos de, y vestidos con pedazos de ropa de la persona a la que se le hizo el hechizo. Es un proceso muy complicado pero eficaz.

Si comprendemos la magia natural y las reglas de las operaciones mágicas, podemos acercarnos mucho al Creador. El poder, y la capacidad de hacer magia, es resultado del crecimiento espiritual y no del deseo de poder —en especial de poder sobre los demás. Practicando los ejercicios que se mencionan en este libro y aprendiendo a estar en armonía con la creación divina, por medio de la reverencia sincera y el respeto a la creación, podemos acercarnos a Dios. Es Él quien nos concede el derecho a practicar magia natural.

Sin conclusión

Digo sin conclusión porque el aprendizaje no tiene fin, especialmente en un campo tan difuso como la magia. Aprender, en el sentido de entrenar nuestro don del pensamiento racional y desarrollar la memoria, es una de las principales metas del proceso de educación, y juega un papel importante en la sociedad. No obstante, sólo existe una clase de aprendizaje como éste y su naturaleza limita nuestro desarrollo cuando lo aceptamos como el único medio de adquirir conocimientos.

Seguimos los principios del pensamiento racional objetivo y científico, tal como lo formularon los sabios del pasado. En la práctica vemos que academias y universidades son las víctimas de una cultura social que lucha por ganancias individuales, que compite por recompensas, y está tan llena de celos como las grandes sociedades que debaten nuestras legislaturas democráticas. Esto es de esperarse, pues los eruditos y los científicos de todos los campos son seres humanos comunes y corrientes. Han llevado a sus elevados puestos académicos su bagaje emocional, que se mezcló con sus especializadas educaciones técnicas superiores.

Quienes realmente desean y tienen el don para practicar magia saben de inmediato que lo primero que deben hacer es algo diferente, y preparar sus herramientas y talentos naturales para algo que no obtendrían participando en programas académicos de educación formal. Dije que la magia nunca será una ciencia. Así es, sólo es un arte que no toda la gente domina. Después de haber leído este libro entenderás por qué digo que el desarrollo personal, en el sentido espiritual, debe ser la base de cualquier trabajo de magia.

Son pocos quienes llegan a esta Tierra listos para practicar magia. Igual que el talento natural para otra área, la capacitación para desarrollar cualquier arte hace que las personas que no tienen talento natural o capacidad innata sean mejores que quienes sí los tienen. La gente debe entrenarse para practicar magia y desarrollar las posibles habilidades naturales que posea.

En muchos capítulos de esta obra, empezando con el 2, intenté indicar las líneas de desarrollo que debes seguir para convertirte en mago. Si tomas con seriedad esos ejercicios y los trabajas durante un periodo de tres a cuatro años, descubrirás que tu vida cambiará de manera positiva conforme los domines. Estos ejercicios producen cambios que tendrán lugar aunque pierdas el interés en la práctica de la magia.

Ésta es una de las facetas más interesantes de la práctica de la magia. El entrenamiento necesario para hacer magia te da una visión completamente diferente de ti mismo —y del mundo que te rodea— cuando llega a su fin. Es muy parecida a la capacitación requerida para ser miembro de una profesión cualquiera, porque el trabajo diario por lo general es muy diferente a las expectativas que motivaron al estudiante a elegir dicha profesión. El trabajo diario de un abogado es mucho menos interesante que la vida de cualquiera de los personajes de los programas de televisión. Lo mismo puede decirse del trabajo diario de un médico o un ingeniero profesional. Igual sucede con los magos, sólo que su entrenamiento está dirigido a la creación de la armonía del ser con el Universo, en lugar de dominar un grupo específico de conocimiento intelectual. Por lo tanto, cuando un mago termina su capacitación, él o ella están en un nivel diferente, pues llega a un lugar en el que la mente, el cuerpo y la voluntad operan juntos. Hasta cierto punto, el mago es una persona diferente. Lo mismo pasa con aquellos expertos en artes marciales que realmente dominan el arte. Desarrollan cierta armonía con la creación, que es la meta del desarrollo humano.

Por esta razón no puede haber una conclusión, pues es posible que aproveches la información de este libro o no. Si sí y haces por lo menos algunos de los ejercicios recomendados, verás que tu vida cambiará de manera interesante. Si no los aprovechas, descubrirás que el tiempo pasa y quizá haya algunos cambios, pero no serán iguales a los que sucederían si dominaras los ejercicios. La conclusión de este libro está en tus manos, haz con ella lo que quieras.

Si decides hacer los ejercicios e iniciar el largo proceso de desarrollo personal al que llevan, llegarás a una conclusión. Si decides no seguirlos, llegarás a otra. Sólo tú decides cuál es la mejor conclusión para ti.

Como dije al principio, la práctica de la magia no encierra nada sagrado ni misterioso, sólo se requiere un entrenamiento diferente a cualquier capacitación intelectual que conozcas. Terminarlo con éxito es lo que convierte a una persona en mago. El individuo bien entrenado puede practicar el tipo de magia que desee.

Las falsas ilusiones y la decepción son las constantes compañeras de quienes desean hacer magia. Cuando el mago sea objetivo en la práctica de su magia y los resultados que de ella obtenga, podrá estar seguro de que llegó al nivel para lograr lo que desea. Un buen mago cuestiona todo de manera no crítica, y acepta sólo los resultados que demuestran que existen físicamente como producto de sus esfuerzos. Para esto es necesario que el mago guarde registros de todos los trabajos de magia realizados. Llevar un diario de magia, que incluye el formato siguiente, es un requisito para tener éxito en la magia. Conservar un registro diario de las impresiones y creencias es muy útil para tu desarrollo. Sugiero este formato:

Fecha de Operación:
Operación:
Fecha del Resultado:
Resultado:

Por desgracia, la gente que se hace falsas ilusiones siempre lleva un diario similar y registran las desilusiones como si fueran los resultados físicos. Para quienes no se engañan, practicar magia puede ser muy divertido, además de gratificante, personalmente. Prefiero este punto de vista objetivo porque creo que para vivir la vida se necesita muy buen sentido del humor.

Apéndice

La Tabla Esmeralda

Se supone que este texto se encontró en la tumba de Hermes Tres Veces Grandísimo y dicen que estaba inscrito en una tabla esmeralda. Por lo general es el primer indicio de las correspondencias que existen entre el mundo físico y el no físico que los maestros dan a sus estudiantes neófitos. El siguiente texto es una copia de la copia que mi maestro me dio hace muchos años. No tengo la menor idea de dónde la sacó, pero me imagino que de vez en cuando se ha publicado en algunos libros.

> Verdadero, sin falsedad, cierto y muy verdadero, lo que está abajo es como lo que está arriba, y lo que está arriba es como lo que está abajo, para realizar el milagro de la Cosa Única. Y así como todas las cosas provinieron del Uno, por medio del Uno, así todas las cosas nacieron de esta Cosa Única, por adaptación. Su padre es el Sol, su madre la Luna, el Viento lo llevó en su vientre, la Tierra fue su nodriza. El Padre de toda la Perfección de todo el Mundo está aquí. Su fuerza permanecerá íntegra aunque fuera vertida en la Tierra.
>
> Separarás la Tierra del Fuego, lo sutil de lo grosero, suavemente, con mucho ingenio. Asciende de la Tierra al Cielo, y de nuevo desciende a la Tierra, y recibe la fuerza de las cosas superiores y de las

inferiores. Así lograrás la gloria del Mundo entero. Entonces toda oscuridad huirá de ti. Aquí está la fuerza fuerte de toda fortaleza, porque vencerá a todo lo sutil y en todo lo sólido penetrará. Así fue creado el Mundo. Habrán aquí admirables adaptaciones, cuyo modo es el que se ha dicho. Por esto fui llamado Hermes Trismigesto, poseedor de las tres partes de la filosofía de todo el Mundo. Se completa así lo que tenía que decir de la obra del Sol.

Acerca del autor

Draja Mickaharic nació en Bosnia, en el campo, antes de la Primera Guerra Mundial. Emigró a Estados Unidos en 1939 y durante 45 años ejerció como mago, refiriéndose a sí mismo como hechicero. Ahora retirado de la práctica, dedica su tiempo a escribir y guiar a algunos estudiantes que aún trabajan activamente en este campo. Es autor de dos libros también publicados por Samuel Weiser: *Limpieza espiritual* (*Spiritual Cleansing*), publicado en 1982, y *Siglo de hechizos* (*Century of Spells*), publicado en 1988.

Índice alfabético

TÍTULOS DE ESTA COLECCIÓN

30,000 Nombres para Bebés. *Vivi Morales*
Ángeles, Demonios y Dioses del Nuevo Milenio. *Duquette*
Ataque a la Civilización. *Stephannie J. Clement*
Clonación ¿El Futuro de la Humanidad? *Varios*
Diccionario Gitano de los Sueños. *R. Buckland*
Diccionario Máximo de los Sueños. *E. Goldberg*
El Continente Perdido de Mu. *Col. J. Churchward*
El Proyecto Divino. *Robert Perala/Tony Stubbs*
El Libro Completo de los Vampiros. *N. Jackson*
El Mundo de los Anillos. *Lowson, Marshall y O'Brian*
El Sueño y sus Símbolos. *Marie Coupal*
El Temible Mal de Ojo. *M. A. Gómez Pérez*
Esoterismo. *Fortune Dion*
Fantasmas, Leyendas y Realidades. *Varios*
Fragmentos Originales del Necronomicón. *Bigliano*
Galería Extraterrestre. *C. Guzmán y F. Domínguez*
Historias de Vampiros. *Nancy Kilpatrick*
La Atlántida. *J. M. Allen*
Las más Famosas Leyendas de la Mitología. *R. Fox*
Las Momias Hablan. *Varios*
Las Profecías de Nostradamus
Las Profecías de Nostradamus y Diccionario
Las Profecías del ¿Juicio Final? *Varios*
Los Hijos de Mu. *Col. James Churchward*
Los Símbolos Sagrados de Mu. *Col. J. Churchward*
Los Sueños. *Morfeo*
Los OVNIs y la Aviación Mexicana. *Guzmán/Salazar*
Más Allá de lo Creíble. *Francisco Domínguez*
Origen y Significado de los Nombres Propios. *Velázquez*
Practicando Magia. *Draja Mickaharic*
Relatos Verdaderos de Fantasmas. *Varios*
Resurgimiento de Lucifer. *Falta Autor*
Ritos y Mitos de la Muerte en México... *Gómez/Delgado*
San Cono: Sueños, Numerología, Oraciones y Milagros
Síndrome del Contactado. *Varios*
Tiempo de Hienas. *Néstor Medina*
Tu Escritura, Quién y Cómo Eres. *Carmen Alfonso*

Impreso en los talleres de
OFFSET VISIONARY, S.A. DE C.V.
Hortensia 97-1 Los Angeles Iztapalapa
Tel.: 56-13-17-24 México, D.F. C.P. 09830